かなしき時は君を思へり

石川啄木と五人の女性

山下多恵子

未知谷

はじめに

毎年、四月十三日の啄木忌には、新幹線を乗り継いで盛岡へ向かいます。春の遅い雪国の町を出発した列車が、長いトンネルを抜けて関東地方に入ると、桜にモクレンにレンギョウと、春爛漫の風景が広がります。

桜は満開で、散りかけているのもあります。色も姿もやはりとても美しく、こんないい季節に啄木は亡くなったのだなぁと、しみじみと思います。

石川啄木（本名一《はじめ》）は、明治四十五（一九一二）年、四月十三日、午前九時三十分に、東京の小石川で、息を引き取りました。臨終に立ち会ったのは、父・一禎と妻・節子、それに歌人の若山牧水でした。

啄木が昏睡状態になって、いよいよ危ないというときに、牧水は、啄木の娘の京子（五歳）がいないことに気づきます。あわてて外へ探しに出ると、京子は、家の前で、桜の花びらを拾って遊んでいたそうです。桜の季節になると、その情景を必ず思い浮かべます。

二十六年二ヶ月の生涯のうちの十年五ヶ月——これが、啄木が「書いていた時間」です。詩・短歌・小説・評論・日記・手紙・新聞記事……書きに書きました。

しかも「書く」ということについて、彼ほど深く「自らに」問い続けた人も珍しいのではないかと思います。つまり自分にとって「書く」とはどういうことか、その意味です。そしてそれを考えることが、自分は何者かと、「自らを」問うことへとつながっていきます。

近代文学研究家の上田博氏は、「自らを問うことの激しさと切なさは、日本近代の文学者のうちで啄木の右に出る者は居るまい」（『啄木について』 和泉書院　一九九六年）と書いています。激しく切なく、自らに問い、自らを問い続けた生涯でした。

啄木の魅力の一は、昨日の自分を、今日は乗り越えようとしていたことです。

啄木が欠陥の多い人間であったことは確かです。天才主義にかぶれて、鼻持ちならない態度を取り、顰蹙を買っていたこともありました。しかしそんな自分の鼻をへし折ったのは、彼自身です。

父が住職を罷免され、家族の生活のすべてが自分にのしかかってきたとき、彼はそれを受け入れがたく思い、もがき苦しみます。けれども生涯そこから逃げませんでした。時に自暴自棄になりながらも、家族も生かし自分も生かす道を模索し続けます。

文学か生活か、というのが最大の課題であり、そこを突き詰めたところに、『一握の砂』の歌人であり「時代閉塞の現状」の思想家石川啄木は誕生したのです。

作品はいいけれども人間としては駄目な奴だった、という旧来の啄木伝説を、鵜呑みにする人はさすがに少なくなってきたようです。しかし著名な方の中にも、誤解にまみれた啄木像を語る人たちが、いまだにいることを思えば、本書を世に出すことも、無駄ではないかもしれません。

石川啄木の人生に登場する五人の女性たちについてお話しします。

かなしき時は君を思へり

目次

19歳、『あこがれ』刊行の頃

かなしき時は君を思へり

石川啄木と五人の女性

凡例

石川啄木の作品は『石川啄木全集』全八巻（筑摩書房　一九七八〜七九年）より引用した。なお明治四十二年四月七日から六月一日までの日記、及び「二十日間」と題する六月十六日までの記録は、全てローマ字で書かれているが、漢字仮名交じり文に直されたものを採用した。また節子の手紙及び節子の最期を記した宮崎郁雨の手紙（金田一京助宛）は、堀合了輔著『啄木の妻　節子』（洋々社）からの引用である。わかりにくい方言等については、著者がその意味を〈　〉内に示した。年号は基本的に元号を用い、適宜西暦も加えた。年齢は満年齢を用いた。

Ⅰ　我ならぬ我――節子

16歳、盛岡女学校卒業の頃

石川（旧姓堀合《ほりあい》）節子について、私は様々な場で話し、書いてきました。啄木の妻だっただけの女性をどうして取り上げるのだろう、と思われるかもしれません。

いわゆる「作家の妻」と節子の違うところは、作家の生き方と文学に与えた、影響の大きさです。彼女の残した言葉にも触れながら、啄木の人生と文学における、節子の存在の意味を考えます。

1　もうひとりの私

啄木と節子が出会ったのは、明治三十二（一八九九）年のことです。二人とも、満十三歳。

啄木が盛岡中学（現在の盛岡第一高等学校）の二年、節子が盛岡女学校（現在の盛岡白百合学園高等学校）の二年のときでした。

啄木は、渋民にある曹洞宗のお寺（宝徳寺）の長男として、のびのびと育ちました。県内のエリートが集まる盛岡中学に、上位の成績で合格しますが、次第に学習への意欲を失い、学校を休むようになり、最後はカンニングが見つかって、卒業を待たずに退学してしまいます。

挫折の原因を、後に啄木は「誘惑の女神のため」と書いています。彼を「誘惑」した「女神」は二人いました。一人は「文学」、もう一人は「恋愛」です。この頃啄木は、明星派の与謝野晶子らの影響を受け、浪漫的な短歌を作っています。節子との恋愛も順調でした。恋愛と文学は重なり合い、ロマンティシズムは加速していきました。

一方、作家・高山樗牛の文章を通して、ドイツの哲学者・ニーチェを知ります。「超人」の思想に激しく共感した啄木は、自分こそが選ばれた人間＝天才であり、他の人間は自分のために、少しくらいの犠牲を払うのは当然である、と考えるようになります。彼の大言壮語や、誰彼かまわず借金をして、それを踏み倒す、といった行動は、この天才主義にもとづいていると言ってもいいでしょう。

ところで、この浪漫主義と天才主義に憑かれた少年は、恋人であり、後に妻となる節子を、どのように思っていたのでしょうか。節子と知り合って七年ほど経った頃、友人に宛てた手紙の中で、啄木は次のように書いています。

早く十四才の頃より続けられし小生と節子との恋愛は、小生に取りて重大なる意義を有するを意識するに至れり。（略）「自己の次に信じうべきものは恋人一人のみ。」何となれば、恋人は我ならぬ我なれば也。

（明治三十九年一月十八日　小笠原謙吉宛）

ここで啄木は、節子との恋愛は、自分の人生と文学にとって「重大なる意義を有する」ものであると言っています。節子がどんなに大事な存在か、どれほど自分に近い存在かということは、「我ならぬ我」という言葉で表現されます。私ではない、けれども私というしかない、そのような存在です。「もうひとりの私」と言い換えてもいいでしょう。これと似た表現で、「我が半身」という言葉も、啄木は使っています。離れがたい存在、ほとんど自分の一部のような感覚です。

啄木はなぜ節子を、もうひとりの私、自分の半分と感じたのでしょうか？　その答えとなるような言葉を、節子は残しています。

理想の国は詩の国にして理想の民は詩人なり

（明治三十五年十一月三十日　啄木の日記より引用）

これは十六歳の節子が、啄木に言ったか、書いたかした言葉です。私はこの言葉を見たときに、節子と啄木を繋ぐものが見えたような気がしました。

理想の国は詩の国だ、そこに生きるべき理想の民衆は詩人だ――節子が啄木に何を求めていたかが、この言葉にあらわれています。彼女が恋人に求めたのは、金でも地位でもありませんでした。彼女にとって、詩人であること、詩を書くことこそが、理想的な人間のあり方だったのです。

予測不能とも言える啄木の生き方に、不安や不信を抱くのではなく、むしろ魅力と感じる――節子はそのような女性でした。誰が見ても無謀と思われる企ても、節子には素敵な計画に見えます。だから啄木がアメリカを目指せば、彼女も英語を勉強しますし、雑誌を出そうと言えば嬉々として手伝うのです。

彼女は啄木の志を理解し、ともに夢を語ることのできる女性でした。啄木の夢は、節子の夢でもあったのです。そして、ふたりとも、夢は現実になる、と思っていたのだと思います。啄木は節子に、打てば確実に響いてくれる、理想の女性を見たでしょう。

しかも節子には、啄木と対等に語り合えるだけの教養もありました。

節子が入った盛岡女学校は、明治二十五年に、フランスからやってきた四人の修道女が創設しました。岩手県内の女子の小学校就学率が三〇％に満たない時代に、節子はこの女学校に進み、そこで文学・語学・音楽の素養を身につけました。

特に音楽に関しては、啄木に大きな影響を与えたものと思われます。一時期啄木は音楽に関心を持ち、作品や日記にも、ハイドン・メンデルスゾーン・ワーグナーといった西洋の作曲家の名前が登場します。啄木と西洋音楽との結節点が節子、と考えていいでしょう。

盛岡女学校は、県下で一番最初にピアノを入れた学校で、音楽教育も盛んだったようです。ここで節子は、バイオリンの奏法も習っていました。彼女を通して、啄木は西洋音楽に触れ、音楽への、そして西洋への関心を高めていったのです。

啄木短歌の特徴である、「暗誦性」（覚えやすい）と「普遍性」（どんな人にでもわかる）は、音楽への関心と無関係ではないと思います。リズム・呼吸・強弱……音楽の持つ様々な要素が、啄木の「うた」に生きていて、おのずから口ずさむことのできる歌になっているのではないでしょうか。

啄木は節子のことを、「音楽の道に憧るゝ心美しき人」（明治三十五年十一月十五日　細越毅夫宛書簡）とも表現しています。恋人時代から新婚時代にかけて（つまり現実の厳しさに直面する

まで、なのですが）、音楽は二人を繋ぐ重要な要素でした。だからこそ、

わが妻のむかしの願ひ
音楽のことにかかりき
今はうたはず

（『一握の砂』）

この歌が、いよいよ痛ましく思われるのです。

2　待つ女

結婚について、啄木はどのような考えを持っていたのでしょうか。中学を退学し上京して、一月も経たない頃の日記を見てみましょう。

結婚とは（略）心の相結べる男女の更にその体の結同をなす所以の者に外ならず。結婚は実に人間の航路に於ける唯一の連合艦隊也

（明治三十五年十一月十四日）

真の結婚とは（略）先づ心の相携ふるありて後に体の相抱くのみ。（同年十一月二十日）

この頃の啄木は、結婚とは「連合艦隊」、つまり共に人生を行くことなのだ、と考えています。そしてそれには、「心の相携」すなわち精神的な裏づけがなければならない、と言います。こうした結婚観は、この時代の男性の考え方として、きわめて新しいものであると思います。

明治民法下の、家父長制の社会です。「女は嫁に行ったら、舅姑に仕え、夫に従いなさい」というようなことが当たり前の時代に、伴侶となる女性に「良妻賢母」を求めるのではなく、ともに人生を行くことをこそ求めているのです。ここには、「明星」や与謝野晶子の歌集『みだれ髪』を読み込んだ啄木の、浪漫的な恋愛観・結婚観が色濃くあらわれていると言えます。

さて明治三十八（一九〇五）年五月、処女詩集『あこがれ』を刊行した直後に、二人は結婚します。

ところが啄木は、あろうことか結婚式をすっぽかしてしまいます。出版したばかりの『あこがれ』をたずさえて東京から帰ってくるはずの花婿が、いくら待っても来ない。家族や友人たちがあわてふためき、苛立つ中、節子は一人平然としていた、と伝えられています。

彼女に不安がなかったわけではないでしょう。が、入籍も済ませていましたし、結婚式に欠席するというこのあり得ないようなできごとも、天才である啄木の一つのエピソードにやがてなるだろう、というくらいの心の余裕はあったと思います。また詩人の妻として恥ずかしくない態度でいたいという気持ちが、動じない姿になったのではないかと想像します。あるいはもしかして、結婚式に花婿が来ないという状況にドラマチックなものを感じ、物語のヒロインのような感覚に陥っていたのかもしれません。

いずれにしろ、この結婚式に、それ以後の啄木と節子の関係が、象徴的に示されているような気がして興味深く思われます。この時からずっと、節子は「待つ女」でした。そして「たじろがない女」でもありました。

さて、結婚式に来ない啄木の不実を責め、節子に同情して、別れを勧める啄木の友人たちがいました。次の言葉は、そんな彼らに節子がしたためた手紙の一節です。

吾れはあく迄愛の永遠性なると言ふ事を信じ度候。

（明治三十八年六月二日　上野広一・佐藤善助宛）

澤地久枝氏が、『石川節子　愛の永遠を信じたく候』（講談社　一九八一年）という小説を書いています。ＮＨＫでドラマ化もされましたが、「愛の永遠を信じたく候」という言葉は、ここから採ったものです。「愛の永遠性」というところに、啄木への一途な思いを見ることができますが、私はむしろ、「信じ度」に注目しています。「信じる」という行為こそが、「待つ女」「たじろがない女」である節子を支えた、と思うからです。

啄木が自らを信じていたように、後に妻となる節子もまた、啄木の天才を信じていました。どんなときも、たとえ結婚式をすっぽかされても、節子は啄木についていきました。彼は天才なのだ、私は天才の妻なのだ――そう確信していたからこそ、節子は啄木を、その「愛の永遠性」を、欠片も疑うことはなかったのです。啄木が節子を選んだ理由も、自分を天才と認めてくれている、という一点が大きかったのではないかと思います。

それにしても、啄木はなぜ結婚式に来なかったのでしょうか。それから四年後、彼はこんなことを書いています。

二十歳の時、私の境遇には非常な変動が起つた。（略）其変動に対して何の方針も定める事が出来なかつた。

（「弓町より　食ふべき詩（二）」『東京毎日新聞』明治四十二年十二月二日）

はたちのときに大変なことが起こった、と啄木は言います。それに対して自分は何もできなかった、と。これは啄木の父・一禎が、宗費（お寺が曹洞宗の本部に払う会費のようなもの）を滞納したために住職を罷免され、寺を出ることになった件を指しています。弱冠はたちの、苦労知らずの青年。詩集『あこがれ』を出版し、天才詩人としてこれから活躍しようと思っていた啄木が、このときから父母妹それに妻節子の人生を引き受けることになったのです。

結婚式は、これから始まる厳しい人生の象徴のように思われたことでしょう。啄木は、新しい生活に入っていくことが不安でどうしようもなかったのだと思います。小林芳弘氏は、この時期の啄木の心理を、将来への不安で「自暴自棄になり、死をも意識していたのではないか」（『石川啄木と岩手日報』桜出版　二〇一九年）と分析しています。

結婚式の「事件」については、様々な推測がなされていますが、すべては「非常な変動」すなわち父の失脚に帰されるのではないかと思います。啄木が節子のもとに姿をあらわしたのは、結婚式の五日後のことでした。

寺を追われた一家はいったん盛岡に出ますが、翌年渋民に帰り、啄木は代用教員として、母校の渋民尋常小学校に勤めます。忙しい仕事の合間に、寝る間を惜しんで小説を書き、また父が住職に復帰できるように、いろいろ運動してもいたようです。この間に娘の京子も誕生します。

出産のために盛岡の実家に帰っていた節子が、啄木にしたためた手紙の一節を読んでみましょう。


私は君を夫とせし故に幸福なりと信じ、且つよろこび居候

（明治三十九年十二月五日　啄木の日記より引用）


この頃は、まだ啄木への信頼があり、二人の未来も信じられていました。

しかし結局、父の復帰は叶いませんでした。次第に一家の生活は立ちゆかなくなり、村にも居づらくなります。最後は教え子たちを扇動して、校長排斥のストライキをし、免職となってしまいます。

一家は離散し、啄木は函館へ向かいます。明治四十（一九〇七）年五月五日のことです。節子と娘の京子は七月七日に、母カツは八月初めに、函館に降り立っています。

一年足らずの間に、啄木は函館・札幌・小樽・釧路を転々とします。

北海道で節子がいちばん辛かったのは、啄木が釧路へ去った後の、小樽での生活であったでしょう。小樽駅で自分を見送る節子を、啄木は次のように歌っています。

子を負ひて
雪の吹き入る停車場に
われ見送りし妻の眉かな
（『一握の砂』）

小樽で節子は、娘と姑を抱えて、真冬なのに十分な暖房もないような生活をしていました。釧路の啄木からの送金も滞りがちでした。そのとき啄木は新聞記者として縦横無尽に活動し、夜な夜な紅灯の巷をさまよっていたのです。

釧路を訪ねた啄木の友人によって、そこでの夫の様子を知らされた節子は、啄木に手紙を書いています。文面は残っていませんが、啄木の日記から察しますと、「第二の恋」という言葉が使われた、切々たる文章だったようです。

この手紙で節子はおそらく、自分の啄木に対する感情は、今でもまだ恋の延長線上にある、ということを言いたかったのだと思います。それは「第一の恋」（つまり恋人同士であった頃の恋愛感情）とは異質のものであるけれども、（夫婦として、ともに生きていくという覚悟を伴った）「第二の恋」とも言えるものである、と。

離れて暮らしてさびしいし、生活も苦しいけれど、私は変わらずあなたを思っていますよ、というメッセージであったと思います。家族の存在を忘れたかのような日々を送っていた啄木でしたが、節子はそのような夫を責めるのではなく、自分の恋情を言うことによって、彼の心に訴えたのです。

手紙を受け取った啄木は「何といふ事なく悲しく」なり、「なつかしき忠実なる妻の許に、一日も早く行きたい、呼びたい」と思い、幼い娘・京子の顔も思い浮かべています。

やがて文学への夢覚めやらぬ啄木は、家族を函館の友人・宮崎郁雨に託し、単身上京します。家族も自分も生かすには、東京に行き、文学で成功するしかない、と考えた結果でしたが、節子にしてみれば、取り残されたような気持ちだったでしょう。

函館に残された節子は、宮崎郁雨にこんな手紙を書いています。

　私は世のそしりやさまたげやらにうち勝つた愛の成功者ですけれど今はい《ママ》かく泣かねばなりません

（明治四十一年八月二十七日）

自分は様々な妨害を超えて、愛する人と結ばれた。そんな「愛の成功者」である自分が、いまは泣かねばならない境遇にいる、と嘆いているのです。また、この言葉が書かれた手紙には、啄木の非凡な才能を信じている、だが才能がありながら埋もれてしまったなら、こんなに悲しいことはない、と揺れる心を綴っています。

上京した啄木は、小説で収入を得よう、そして早くみんなを呼び寄せよう、と猛烈に小説を書き続けます。しかし、評価されませんでした。文学で身を立てて家族を呼びたい、しかし作品は認められないというジレンマの中で、上京して一年後に書かれたのが、「ローマ字日記」なのです。

この日記には、その頃の苦悩が赤裸々に綴られています。啄木が直面していた問題の深いところには、家族の存在がありました。「文学」の対極に「家庭」というものを位置づけ、そのはざまで苦しんでいたのです。ローマ字日記は、節子、京子、啄木の母・カツが、郁雨に連れられて上京したところで終わっています。

3　郁雨をめぐって

家族が上京すると知ったときに、啄木は大層動揺します。そしてちょっと待ってくれという手紙を、書き送っています。まだ生活の基盤を築くことができないでいたからでした。節子は夫に歓迎されていないことを察したと思います。同時にこれからの東京での日々が、決して平坦なものではないことをも予測したでしょう。新しい生活への期待もあったでしょうが、それに倍する不安があったのではないかと想像します。

また上京する途中に盛岡の実家に寄っていますから、久しぶりに父母やきょうだいたちとの時間を持って、つつましくも幸せだった少女時代を思い出したことと思います。現在の自分の境遇が、決して幸せとは言えないものであると、認めざるを得なかったのではないでしょうか。

節子に再会した頃の啄木の風貌は、髪がボウボウとして、まばらな髭も長くなり、やつれて、いかにも落ちぶれた様子でした。節子は啄木の様子を見て、それまでの彼の生活を察したでしょう。二人の間に流れる微妙な空気。違和感の中で始まった、東京生活であったと思います。

節子が家出したのは、その三ヶ月半後の十月二日のことでした。姑との葛藤と、夫・啄木への不満から、節子は幼い娘の手を引いて、盛岡行きの汽車に乗り込みます。

このときに、啄木が高等小学校時代の恩師・新渡戸仙岳に宛てて書いた手紙が残っています。妻が帰ってくるよう説得してほしい、との趣旨なのですが、彼が受けた激しい衝撃が、克明に綴られています。

日暮れて社より帰り、泣き沈む六十三の老母を前にして妻の書置読み候ふ心地は、生涯忘れがたく候。昼は物食はで飢を覚えず、夜は寝られぬ苦しさに飲みならはぬ酒飲み候。妻に捨てられたる夫の苦しみの斯く許りならんとは思ひ及ばぬ事に候ひき。（略）若し帰らぬと言つたら私は盛岡に行つて殺さんとまで思ひ候ひき。（略）この上長くこの儘にしておかれるやうにては、その間に、私は自分で自分の心がどうなるか解らず候。

（明治四十二年十月十日）

とても真に迫った手紙です。節子の家出を知った啄木は、食事も喉を通らず、飲めない酒を飲み、帰らぬと言ったら殺そうとまで思いつめ、自分で自分がどうなるかわからない、というのです。この嘆きと狼狽は、啄木が節子を「我ならぬ我」と感じているからこそ出てくるものなのではないでしょうか。

啄木は節子に、母性に近いものを感じていたのではないかと思われます。母・カツの盲目的な母性とは異質の、もっと精神的なもの――天才である自分を理解し、受け入れ、見守ってくれる、そのような母性を。

節子はいつも啄木を信じ、その姿をいっしんに見つめ続けました。何があっても、たじろがずに、待っていてくれたのです。だから彼は、安心して動くことができたのです。節子に去られるなど、啄木は夢にも思わなかったでしょう。母の愛情を信じて疑わなかった子どもが、突然置き去りにされたように、啄木はあわてふためき、泣き叫んでいるかのようです。結局節子は戻ってきますが、これ以後啄木は変わっていきます。「大人」になっていくのです。宮崎郁雨宛の手紙を見てみましょう。

去年の秋の末に打撃をうけて以来、僕の思想は急激に変化した、僕の心は隅から隅まで、もとの僕ではなくなつた様に思はれた

（明治四十三年三月十三日）

節子の家出は、文学について、また生活について、啄木が考え直すきっかけとなりました。やがて「文学者」である前に、「生活者」でなければいけない、という自覚が啄木に芽生えます。翌年発生した大逆事件*に、彼が強く反応したのも、この変化なしには説明できないでしょう。

＊明治四十三年六月、明治天皇の暗殺を計画したとして、多くの社会主義者・無政府主義者が検挙され、翌年一月に十二名が処刑された。社会に大きな衝撃を与えたこの事件は、大半が冤罪であったという点でも、歴史に残るできごとであり、啄木の思想にも大きな影響を与えた。

「ローマ字日記」の苦悩を経て、また節子の家出も経験して、新しい自分と向き合おうとしていた啄木の目は、内面にだけではなく外側に、社会にも向けられていったのです。この時期、青年を啓蒙する目的で友人の土岐哀果と、雑誌『樹木と果実』の発行を目論みながら果たせなかったということも、記憶しておきたいと思います。

それにしても、ずっと啄木を待ち続け、せっかく一緒に暮らせるようになったのに、節子はなぜ家出をするようなことになったのでしょうか。節子の家出は、「待つ女」のイメージをくつがえすできごとでした。彼女の心の中で、どのようなドラマが展開されていたのでしょうか。

彼女の心境の変化に大きく関わった、二人の人物に触れたいと思います。

一人は、啄木の母・カツです。実は節子は、啄木と暮らした時間よりも、カツと暮らした時間のほうが長いのです。啄木の上京後は、もともと気の合わない二人が、同じ屋根の下で顔をつき合わせていました。互いに言いたいことはたくさんあったと思いますが、それを心に押さえ込んだままに、ようやく啄木のもとに来て、こらえていた気持ちが一気に噴き出すのです。節子は妹たちに宛てた手紙に、「うちのお母さんくらい意地の悪い人は天下に二人とあるまいと思う」と書いています。

カツが意地の悪い人だったとは、私は思わないのですが、節子とはうまくいかなかっただろうな、とは思います。カツと節子の不和の、その根っこの部分に、啄木という人間に対する認識の違いがあったように思われます。それは「嫁姑」という関係だから、ではなく、つまりは、カツは「石川一」を愛し、節子は「石川啄木」を愛したのです。

カツにとって啄木は、四十歳近くでさずかった、ただひとりの男の子でした。いくつになっても、かわいい「はじめ」くんだったと思います。しかし文学が息子を奪った、という思いがあったでしょう。息子が夢中になった文学が、一家離散を、貧しさを、病気をもたらし、石川家の未来を奪ったのです。嫁となった節子は、文学を愛する女性でした。文学と節子は、カツの中で同義語となり、どちらも息子を悪くしたものと考えて、憎んだとしても無理はありません。

ところで、ふたりの間にいて、啄木はどのように身を処していたのでしょうか。日記や手紙などを見ますと、表立って自己主張しない節子よりも、不満を口に出す母の言い分をよく聞いたようです。その頃節子は体調が悪くて横になることが多かったようなのですが、カツは働き者でしたから、小さい身体をさらに小さくかがめて、一所懸命立ち働くのです。

啄木には節子が怠けて、年老いた母を働かせているようにも見えたようです。節子は、啄木に無言で責められているように感じたのではないでしょうか。

また、母と妻が険悪になりかけると、啄木はその雰囲気にいたたまれず、ふいと外へ出て行くこともたびたびありました。節子は夫が逃げていると感じたでしょう。家出をするとき、節子は「おっかさんに孝行をしてください」と書置きします。この言葉に、家出の動機が端的にあらわれていると思います。

しかし、そのときの心理をもっと深いところで探ってみますと、函館時代にまで、さかのぼらなければならないかもしれません。

節子の家出は、啄木への思いが微妙に変化したことを示しているのではないでしょうか。その変化に、一人の男性（宮崎郁雨）の存在が関わっているのではないか、と私は思うのです。

宮崎郁雨は、啄木の人生を語るうえで欠くことのできない人物です。一般には、啄木の親友と言われます。啄木が北海道に渡ったときも、家族を残して上京した後も、石川家を物心両面で支えた人物です。節子は彼を「兄さん」と呼び、何かと頼りにしていました。味噌製造業の跡取り息子で、後に節子の妹・ふき子と結婚しました。

彼と節子との間に、なにか決定的なことがあったのかどうか、ということについては、従来見方が大きく分かれ、啄木伝の中の謎の部分とされてきました。

あくまでも私の見解ですが、いろいろ考えたり調べたりした結果、二人の関係はかなり接近したものだったのではないか、と思うに到りました。文字どおりとても近い、親密だった時期があるのではないか、ということです。

その根拠はいくつかあげることができます。

一つは節子の父・堀合忠操の、娘への対応です。いつも節子の身を案じ、節子亡き後は、強い責任感と細やかな愛情で孫の成長を見守った人でした。彼が、啄木亡き後房州での生活が立ち行かなくなり両親のもとに帰ろうとした節子の函館入りを、いったんは拒みます。来るな、と言うのです。夫に先立たれ小さな子どもを抱えた病気の娘を、拒絶しなければならない、どんな理由があったというのでしょうか。たった一つ。郁雨の妻（節子の妹）ふき子もまた、彼のかわいい娘なのだということです。

それからローマ字日記に引用された啄木の母カツの手紙があります。函館にいて、早く東京に呼んでくれと書いたものですが、そこに「はこだてにおられませんから」という文言があるのです。微妙なニュアンスを感じます。「函館にいたくない」ではなく「函館にいられない」と言っているのです。

後に述べるような、郁雨が節子に宛てた手紙の問題もあります。

当事者が語ったものとして、一番わかりやすいものを挙げます。数年前に探し当てた資料なのですが……郁雨の短歌です。啄木の家族が上京するときに、郁雨が彼らを送っていくのですが、連絡船で津軽海峡を渡ったときのことを歌っています。
節子と娘の京子それに啄木の母カツが、郁雨に伴われて函館を発ったのは、明治四十二年六月七日のことでした。彼らが乗った比羅夫丸は、最初の青函連絡船として、その前の年から航海が始まったばかりで、定員は三二八人、函館から青森までを、四時間で走ったそうです。早くてびっくりですが、その四時間の心のドラマが、ここには出ているように思われます。

年わかき水夫は君とわがために語りつづけき海の話を
海峡の中ほどに来て船はやや揺れぬ二人のこころのやうに
人住まぬ国に行くべき船ならばうれしからむと歎きたまひぬ
おそれつつそっと握るとき君の手の力ありしにおどろきしかも
わすれずと君まず言ひき言もなくおん手をとりし男の耳に
海の風つめたき中にしつかりと握り合ひける手はもつめたし
歎きつつ君とわが立つただ下のキャビンにありし呪ひの女

（宮崎郁雨『鴨跖草』*）

郁雨と節子は甲板に出ています。この船で、他の誰もいない、二人だけの国に行くことができたらいいのに、と節子は言います。「あなたを忘れない」ともささやいています。郁雨は返す言葉もなく、ただ彼女の手を握っています。

七首目に出てくる「呪ひの女」とは、カツのことでしょう。自分たちの関係を呪い、邪魔をする存在と捉えているわけです。「呪い」という、まがまがしい言葉から、ふたりにとってカツが、うっとうしく煙たい以上の存在であることがわかります。そもそもなぜカツは二人を呪うのか。というよりも、なぜ二人はカツに呪われていると感じるのか。二人の関係を知られているというおそれが、そう感じさせたのだとは言えないでしょうか。

＊図書裡会編。昭和三十八年二月から四十一年十月にかけて、宮崎郁雨歌集（私家版）全十冊（約四〇〇〇首）が刊行された。十冊の歌集は、郁雨没（昭和三十七年）後、彼と親交のあった十四人が、残されたノートや手帳等をもとに、それぞれ仕事を分担（タイプ・写真・口絵・製本・編集と解説など）し、各十五部ずつを手作りし分け合って、余った一部は市立函館図書館（現函館市中央図書館）に納めたというもの。文字どおり郁雨の「自画像」とも言えるもので、十六歳から七十七歳で亡くなる二ヶ月半前までの、彼の生活や折々の思いを垣間見ることができる。『鴨跖草』（「つきぐさ」あるいは「つゆくさ」）はその中の一冊で、郁雨の十代の頃から三十一歳までのもの、時期的には啄木と付き合っていた頃と重なっている。

続けて読んでみましょう。

あはれこひし津軽の海のかなたにてわかれ来し人のただに恋しも
比羅夫丸その名思へば涙出づ君と乗り行きし船なりしゆゑ
あなこひし文も書かずてすぐせどもわがこのこころ君をはなれず
目の前に君の顔見ゆうなだれし君の顔見ゆ声たてて泣く
かの時に死なむと言はば君何と答えしけむと泣きつつ思ふ
その船は日毎夜毎に幾百の人乗せくれど乗せ来じ君を
泣くべきかよろこぶべきかこの恋のあまりに深しあまりに短し
（同）

いずれの歌にも、恋しく別れがたい思いが滲み出ているのではないでしょうか。短歌を全くの創作と見る向きもあるようですが、郁雨の歌の作り方や、ノートの余白に意味ありげに記された「S」という文字を考えると、節子との旅を「記録」しておきたいという郁雨の意志を感じてしまいます。

さて、上京後の節子の心理状態に、函館での生活が、もっと厳密に言えば、郁雨のいた函館――そこでの日々が大きな影響を及ぼしていると、私は考えます。

節子が上京して三日目に、実家の母と家族に宛てた葉書が残っています。「東京はいやだ」と、開口一番に書いてあります。そしてすぐに、「さびしかるべき夜汽車も兄さん〈郁雨〉がいらしたので色々お話して夜を明しました」と続けています。

「東京はいやだ」という言葉は、「啄木はいやだ」という言葉にも聞こえます。それから半年ほど経った頃、郁雨との結婚が決まった妹・ふき子に、次のように書き送っています。

お前は幸福な女だ！　私は不幸な女だ！

（明治四十二年七月五日　堀合ふき子・孝子宛）

この言葉は、何を意味しているのでしょうか。郁雨と結婚する妹を祝福するというより、啄木と結婚した自分を呪っているように見えます。郁雨と結婚するお前は幸福で、啄木と結婚した自分は不幸だ、と言っているかのようです。ここに、節子の本音が出てはいないでしょうか。

啄木に付いていって置き去りにされた北海道で、節子は啄木よりもたくさんの月日を暮らしました。見知らぬ土地に連れてこられて、置いていかれる者のさびしさを、節子は幾度も味わったと思います。でも函館では、節子はいつも、郁雨に見守られていると感じることができました。しかし東京へ来て、彼女は誰からも顧みられていない自分を感じたと思います。

カツとの不和もあり、節子は孤独を深めていったのではないでしょうか。

郁雨のもとに行きたくて節子は家を飛び出した、と言おうとしているのではありません。私が言いたいのは、啄木への感情の変化が、家出を容易に実行させた、ということです。言葉を換えるなら、節子はこのとき、啄木だけを「待つ女」ではなくなっていたということです。そのことに、函館での郁雨との日々が影響しているのではないかと思うのです。

次の言葉からも、東京での日常が想像できます。

何も楽しい事はありません、（略）実に考へるとつまらないわ

（明治四十二年十二月二十日　宮崎ふき子宛）

節子の家出については、カツとの関係で語られることが多いのですが、心の奥深くで節子を動かしたものとして、宮崎郁雨の存在を想定できると思います。

さて、もう一つ、郁雨が関わった大きなできごとがありました。

ことの起こりは、明治四十四（一九一一）年九月、節子に届いた一通の手紙を、啄木が読んだことでした。匿名ではありましたが、明らかに郁雨の筆跡でした。啄木はその文面から、友人と妻の関係を読み取り、激怒し、節子に離縁を申し渡します。節子は髪を結えないほど

に短く切って、夫に詫びたそうです。
啄木が節子を離縁しようというのは、よほどのことです。節子が家出したときの啄木の狼狽ぶりからすれば、節子が出て行くということは、啄木にとっても、これ以上ない苦痛なはずです。郁雨からの手紙は、それを言わせた、ということです。啄木は最終的に節子を許しますが、郁雨とは即座に絶交します。
啄木自身がこのことについて、何かに書いているかというと、この間の日記は、欠落しています。乱暴に切り取られた跡がある、ということで、啄木かあるいはその周辺の人が切り取ったのだろうと言われています。ただ光子宛の手紙に、次のように記しています。

お前の知つてゐるあの不愉快な事件も昨夜になつてどうやらキマリがついた、家に置く、然しこの事についてはもう決して手紙などにかいてよこしてくれるな
（明治四十四年九月十六日）

「家に置く」という言い方は、本来家にいられないことをしたけれども、ひとまず許して、今までどおり家に置いてやろう、というニュアンスを、私は感じます。また節子が髪を切ってあやまった、ということですが、髪を切るという行為も、男女間のことについての女性の

始末の付け方として、当時としては自然であると思われます。

余談になりますが、なぜ長きにわたって、この問題があれこれ解釈されてきたかというと、郁雨がこのことについて、はっきりと肯定も否定もしなかったからです。彼は昭和三十七（一九六二）年に亡くなっていますので、啄木が亡くなってから、ちょうど半世紀を生きたことになります。その間、事実の周辺を語ることはあっても、核心は語りませんでした。そのゆえに、従来さまざまな想像が為されてきたのです。

郁雨の著書『函館の砂―啄木の歌と私と―』（東峰書院　一九六〇年）などを読みますと、郁雨というのは、結構自分のことを語る人なのです。特に恋愛（片思いが多かったようですけれども）に関しては、実に饒舌です。しかし節子とのことについては、「傷つくのは自分ひとりでたくさん」とか、「節子さんに落ち度はなかった」という言い方で、いわば、ぼかしているわけです。

なぜ私たち二人の間には、そのようなことは一切なかった、と書かないのか。男らしい、言い訳しない性格なんだ、という人がいますが、しかし虚偽のことが広まりそうになったら、全力で否定するのではないでしょうか。それをしなかったのは、なぜか。

私は郁雨が語らなかった、書き残さなかったことの意味を考えます。郁雨は、書かないことによって守りたかったものがあったのではないか、と私は思います。

はっきりと肯定すればそれを守ることができない。否定すれば嘘をつくことになる。しかしぼんやりとした状態にしておけば、疑わしい状況にはなるけれども、潔白であったかもしれない可能性も残される。そのような状況を郁雨は作っていったのではないでしょうか。

では、何を守るためだったのか。それは節子や自分の名誉――ではなくて、彼が守りたかったのは、宮崎家なのではないかと、私は想像しています。郁雨は、家父長制度にしっかりはまって生きた人でした。家族を守ること。そのために若い日の節子との思い出を自分の胸ひとつに封印したのではないか。何もなかった、というのは、事実ではなかったけれども、宮崎家を守ろうとした郁雨の真実だった、そんな気がしてなりません。

とてもデリケートな問題ですし、亡くなった人は、物を言うことができないわけですから、生きている者が興味本位で想像したり、軽々に語ることは、極力慎まなければなりません。しかし節子と郁雨の関係を知ることは、節子がどのような女性なのかを知ることにつながります。そしてそのことは、ひいては啄木と節子の関係、また啄木と郁雨の関係を考える上でも、大きな意味を持つのだ、と思います。節子の家出や、彼女に宛てた郁雨の手紙の内容は、その後の啄木の生き方にさえ影響を与えるわけですから。

郁雨と絶交した啄木に話を戻しますが、かつて啄木は、郁雨の友情に感謝し、死ぬときは函館で死にたい、と手紙に書いたほどでした。歌集『一握の砂』にも、金田一京助と並べて、郁雨への献辞が書かれています。それがこのトラブルで郁雨との関係は断絶し、長年受けていた経済的な援助も途絶えてしまいます。

郁雨と絶交後の、啄木の意志を表したかのような資料があります。啄木が節子に書かせていた家計簿です。勝男節18銭、はみがき粉5銭、封筒2銭……そんな細々としたお金の出入りが、克明に記されています。

明治四十四年九月十四日から、翌年の四月十四日まで——つまり郁雨と絶交してから啄木の死の翌日まで——毎日書かれているこの家計簿からは、郁雨に頼らず、人に頼らず、生きていこうという啄木の決意が感じ取られます。同時にこれを記していた節子の切ない気持ちが、ひたひたと伝わってくるのです。

4　その後の一年

それにしても晩年の生活は、本当に悲惨でした。家庭にも夫婦の間にも、いたましい空気が流れます。お金がなかっただけではありません。啄木も節子もカツも、結核菌に冒されて、みんな死と向き合っていました。

次は明治四十五年一月七日の啄木が捉えた、節子の姿です。

妻はこの頃また少し容態が悪い。髪も梳らず、古袷の上に寝巻を不恰好に着て、全く意地も張りもないやうな顔をしてゐて、さうして時々烈しく咳をする。私はその醜悪な姿を見る毎に何とも言へない暗い怒りと自棄の念に捉へられずには済まされない。

ここには、髪はボサボサで、昼間でも寝間着のままで咳をする節子が描かれています。その姿を啄木は「醜悪」と表現し、彼女を見るたびに「何とも言へない暗い怒りと自棄の念に捉へられ」る、と書いています。当時の節子は、死を目前にしてなおも現実と戦い続けようとする夫を、遠いところにいる人のように感じていたのではないでしょうか。

節子はバイオリンを弾き、英語を話す少女でした。新婚時代に岩手日報に連載した、「閑天地」というエッセイの中にある「我が四畳半」という文章に、節子の机の様子が描かれています。

右の隅の一脚には、数冊の詩集、音楽の友、明星、楽譜帖などが花形役者にて、小説もあり、堅くるしき本もあり。日本大辞林が就中威張つて見ゆれども、著者のひが目には『あこがれ』尤も目につく。（略）秘蔵のヴァイオリン時として此等の上に投げ出されてある事あり。（略）奥ゆかしきは一封の、披《ひら》かば二十間もやありぬらむ、切手五枚も貼りたる厚き古手紙也。

（明治三十八年六月二十二日）

この机の上には、当時の節子の全てがあります。数冊の詩集、音楽の友、明星、楽譜帖、小説類。啄木の原稿にふりがなを付けるときに使った「日本大辞林」。それからこの前の月に出版されたばかりの、啄木の処女詩集『あこがれ』。そしてヴァイオリン――恋人時代に啄木が送った長い長い手紙も誇らしげに載っています。

これが、節子だったのです。

啄木は日記に次のようにしたためています。

人の妻として世に節子ほど可哀想な境遇にいるものがあろうか?!

（明治四十二年四月十五日）

「可哀想」と言っている、その言葉には、若く健康で知的で夢にあふれていた節子、しかし次第に生活に疲れ切って、荒んでいき先のような姿になっていった節子への、深い憐れみの気持ちが込められている気がします。彼女をこのようにしたのは自分だ、という思いが啄木にはあったでしょう。

明治四十五年三月に母カツが、その一ヶ月後の桜の散る日に、啄木が亡くなっています。亡くなる直前、いろんな事情で当時疎遠になっていた金田一京助に、どうしても会いたいからと言って、来てもらっています。金田一と、それから晩年になってからの友人・土岐哀果に、啄木はある言葉を残しています。それは「頼む！」という一言です。

節子と京子、それにお腹の中に八ヶ月の子どもがいました。彼らのことが、本当に気がかりだったのだと思います。手を合わせて、拝むようにして頼んでいます。しかし郁雨のことは、一言も口にしませんでした。

亡くなる日の朝、「おれが死んだら函館に行くのか」と啄木は節子に問いかけます。当時函館には、郁雨だけでなく、盛岡から移住した節子の両親やきょうだいも住んでいました。でも、「いいえ、行きません」と節子は答えます。

彼はなぜ節子に問うたのか。自分亡き後の妻子を思うなら、「家族のいる函館へ行け」と言うのが、人情というものでしょう。実際そう言えたなら、どんなに気持ちが楽になったでしょう。しかし彼はその言葉を言えません。節子をめぐる郁雨への感情が、どれほど切迫したものであったか……いまわのきわにあってもなお、「函館へ行け」と言えなかったところに、啄木の悲しい意地を見る思いです。夫の気持ちがわかったから、節子は「行きません」と答えたのです。

次は、啄木の臨終の様子を、節子が啄木の妹・光子に知らせた手紙の一節です。

〈啄木は〉お前には気の毒だつた、(略)と申ましてね―― (明治四十五年五月二十一日)

家族を抱えて、「文学」の対極としての「生活」と向き合い、戦い、やがて力尽きていった、そのときに発せられた言葉です。自分を「天才」だと思い、十九のときまで思うままに生きてきた啄木が、自分と人生をともにしてくれた女性に対して、最期に「気の毒だった」としか言えなかった。それはどれだけ無念なことであったでしょうか。どんな気持ちで死んでいったのだろうと思うと、胸が締め付けられます。

そしてその一年後には、節子も、もうこの世の人ではないのです。

さて、ここまでの私の話に、あなたはどのような感想をお持ちでしょうか。郁雨とのことで、節子のイメージが崩れてしまったでしょうか。また、晩年の啄木と節子の関係は、救いがたいものに見えたでしょうか。

私は、啄木に尽くすだけの優等生の節子よりも、家出や郁雨とのことなど、ときに啄木に揺さぶりをかけながらも、さいごまで啄木と人生を共にした節子に、血の通ったものを感じ、一人の人間の生き方として共感を覚えます。なぜなら、節子は啄木の妻である以前に、節子自身であるからです。

それに、啄木の死後一年間の節子の姿を追ってみますと、この二人はやはり文学というものによって強く結ばれていたのだなぁ、と感じます。

啄木の死後、節子は光子のつながりで、キリスト教の伝道師を頼り、千葉県の館山に行きます。そこで次女の房江を生みました。

この館山で、出産直前まで節子がしていたことがあります。啄木の小説リストの作成です。遺稿を整理するので小説の制作年代を調べてほしい、と土岐哀果に依頼されて、作品と日記を照合し、年代を特定していったのです。

もうだいぶ病気も進んでおりましたし、おまけに臨月の、大きなおなかを抱えて、大変な作業だったと思います。小説リストに同封した手紙に、

原稿（略）おくれてすみませんでした。日記にてらして（略）お送り致しました。（略）

二つき前の花散る今日は主人の死んだ日で御座いました。　（明治四十五年六月十三日）

このように書いて送った翌日に、房江が生まれています。

彼女のこの仕事があって、そしてそれを受け継いだ哀果の尽力があって、初めて、啄木の作品が今見るようなかたちで残っているわけです。

特に、全集二巻分を占める膨大な量の日記は、節子の意思で残されました。彼女は郁雨に、「啄木が焼けと申しましたんですけれど、私の愛着がさせませんでした」と言ったそうです。

これらの日記が、文学作品としても高い評価を得ていることは、多くの人の知るところです。啄木にとって、「書く」ことがどれほどの意味を持つものであったか、彼女は知っていました。日記には、節子にとって無残なことも書かれていましたが、彼女はそれをただの灰にしてしまうことが、どうしてもできなかったのです。

それを節子は自分の「愛着」と言っていますが、妻としての愛着だけではない何かを私は感じます。それは「使命感」のようなものではなかったでしょうか。書くこと・生きることにひたむきであった啄木の、生きた記録を、後の世に残さなければならないという強い思いが、節子の中にあったように思います。

日本文学研究者のドナルド・キーン氏は、「明治時代の文学の中でわたしを一番感動させるのは啄木の日記だ」と言っています。漱石や鷗外をさし置いて、啄木の日記を明治文学の筆頭に置いているのです。また「ローマ字日記」について、フランス文学者の桑原武夫氏は、「日本近代文学の最高傑作の一つである」と絶讃しています。

日記は、啄木の魅力を倍加させてくれます。節子の決断……というよりも、とても焼けない、という思いがなかったら、今の啄木評価もまた違うものになっていたかもしれません。

しかし子どもを抱えての生活は、やはり厳しかったようです。哀果宛の手紙に、次のように嘆いています。

何が何やら世の中がほんとうにいやになりました。なぜ夫は私どもをのこして死んだのでせう。

(明治四十五年七月二十八日)

結局節子は、子どもを抱えての生活が立ち行かなくなり、ついに函館へ行くことになります。秋から冬へ、さびしい季節を暮らした後に、病状が悪化して入院します。そのときの節子の歌*

六号の婦人室にて今日一人

死にし人あり
南無あみだ仏

わが娘
今日も一日外科室に
遊ぶと云ふが悲しき一つ

区役所の家根と春木と大鋸屑《おがくず》は
わが見る外の
すべてにてあり

＊節子が亡くなった日の「函館毎日新聞」夕刊に掲載された歌である。阿部たつをを中心とする啄木会の人たちによって同新聞に発表された旨、岩城之徳が『石川啄木伝』（筑摩書房一九八五年）で紹介し、「初出紙にこのようにあるので啄木の妻は夫の作品を見習って三行書きで短歌を書いていたことがわかる」と記している。

入院中、啄木の友人たちが肖像画を持って病室を訪れています。一周忌に合わせて、函館出身の画家斎藤咀華が描いたもので、眼光炯々として、函館時代の啄木の面影をよく伝えていました。節子は咳き込みながらも身体を起こし、絵の中の夫を食い入るように見つめていたそうです。

節子の手許に啄木の写真は残っていなかったようですから、久しぶりに彼の面影に接して、再会したような気分に陥ったのではないでしょうか。

食い入るように見つめ、目を離そうとしなかったのは、自分の愛した人を、もっとよく見ておきたい、心に刻みつけたいという気持ちからだったでしょうか。見せるだけのつもりだった友人たちは、彼女の様子に、持ち帰るのは忍びなく、そのまま病室に置いて帰ってきたそうです。

亡くなるまでの二週間ほどを、節子はこの絵とともに過ごしています。

十三歳で知り合って、夢も挫折もともにした男の肖像を眺めながら、節子は彼と生きた日々を、反芻していたでしょう。同時に、はかなかった自分の一生をも思っていたでしょう。

大正二（一九一三）年五月五日、午前六時四〇分、節子は帰らぬ人となりました。京子は六歳、房江は一歳になっていませんでした。

節子の最期を書き記したものがあります。郁雨が金田一京助に宛てた手紙です。

五月五日病院でなくなりました。なくなる時鉛筆で京子のことをよく頼むと書きました（房江はどうせ助からぬ子だとよく自分で云つてゐましたせゐか、その事は云ひませんでした）。それから与謝野さん、金田一さん、土岐さん、森さん、夏目さんの名を書いて、知らせてあげてくれと云ひました。そして京子の事をたのんでくれと云ひました。それから私の顔を見て、妹（私の妻のことです）を可愛がつてやつてくれと云ひました。そして眼を閉じて、「もう死ぬから皆さんさようなら」と云ひましたが、二三分してまた眼を開き「なか〳〵死なないものですねえ」と云つた時はもう皆が泣いてゐた時でした。それからもう一度「皆さんさようなら」と云つて眼を閉ぢると口から黄色い泡を一寸出しましたが、それで永久のわかれでありました。

（大正二年五月）

北国の遅い春に、ようやく桜が咲き始めていたそうです。啄木の時と同様、やはり桜の季節だったのです。京子は母が亡くなった日も、桜の花びらを拾って遊んでいたのだろうか。桜が咲くたびにどんな気持ちになっただろうか、と想像します。

さて、啄木の人生と文学にとって、節子の存在がとても大きな位置を占めるということが言えるのではないでしょうか。たくさんの女性たちが、啄木の短歌や小説のモデルになりましたが、深いところで彼とつながり、生きる方向をさえ左右した人は節子しかいなかったように思います。

節子は従来言われるように「啄木の犠牲者」でもなければ、いわゆる「新しい女」でもない。ただ、啄木と共に人生を行く人であった、というのが私の結論です。

啄木が無謀とも言える生き方をしているとき、節子はたじろぐ様子もなく、むしろ「詩人の妻」であることを誇っていました。そこに彼女の志の高さがありました。けれども後年、啄木が現実の泥沼に足を取られながらも、必死に新しい思想・新しい文学を模索していたとき、節子は病と貧困に押しつぶされ、内向し孤独を深めていきました。そこに彼女の限界があったとも言えます。

しかし啄木の死後、亡くなるまでの一年間に、彼女は子どもたちを両親に、啄木の作品を土岐哀果らに、託しました。啄木の妻であることを最大限に生き切った生涯であったと思います。節子は、まさしく啄木の「我ならぬ我」、もうひとりの私であった、と言えるのではないでしょうか。

Ⅱ　ソニヤ――京子の歌

忘れやうとつとめた故里《くに》の夢を見た
朝は悲しい秋風が吹いてた

啄木と節子は三人の子を持ちました。

第一子の京子は、明治三十九（一九〇六）年十二月二十九日に生まれ、昭和五（一九三〇）年十二月六日に二十四歳を目前に没しました。『悲しき玩具』に歌われた彼女の姿を通して、啄木の心の状態を知ることができます。

第二子の真一（明治四十三年生れ）は生後わずか二十四日で世を去り、その哀悼歌を末尾に加えて『一握の砂』は成立しました。第三子の房江（明治四十五年生れ）は、啄木の死去の二ヶ月後に生まれており、姉京子の亡くなった十三日後に十八歳の若さで生涯を閉じました。

遺愛女学校の頃

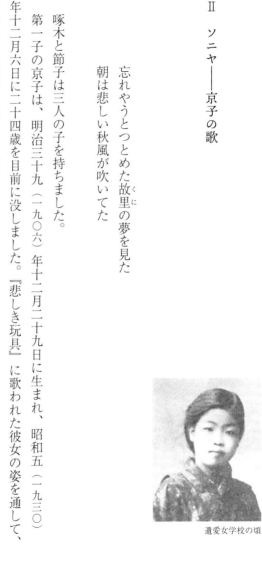

父に歌われることのなかった子です。
三人の子のうち、最も父と接近し、父の強い影響を受けた長女・京子の生き方について、考えてみたいと思います。啄木は父として何を思い、何を子に託したのでしょうか。その思いを、子はどのように理解し、受け止めたでしょうか。

1 叱られる京子

啄木が世を去ったのは、京子が五歳の春でした。幼い京子が登場する歌——

旅を思ふ夫の心!
叱り、泣く、妻子の心!
朝の食卓!

子を叱る、あはれ、この心よ。
熱高き日の癖とのみ

妻よ、思ふな。

かなしきは、
（われもしかりき）
叱れども、打てども泣かぬ児の心なる。

児を叱れば、
泣いて、寝入りぬ。
口すこしあけし寝顔にさはりてみるかな。

（以上『悲しき玩具』）

子を叱り過ぎた
　きまり悪きさびしさよ！
家のまはりの地図などを引く。

（創作ノート「断片」）

京子は何と叱られることの多い子でしょうか。確かに彼女は、我の強い子であったと言われます。父・母・祖母の三人による、幼い日の京子のスケッチを見てみましょう。

京子は毎日隣近所へ遊びに行つては喧嘩をして困る。一町四方へ聞えるやうな声をして泣くのが手にとるやうに聞える。それでも帰つて来た時「今日も泣いたナ」といへば、泣かないと強情をはつてゐる。（明治四十四年八月三十一日　宮崎大四郎宛啄木書簡）

京子、お前たちは可愛とばかり思ふて居るだらう、それは有がたいが、手も足もつけられないきかんぼうです。あばれる〈乱暴に動き回る〉ので何も書かれないと云ふてにがい顔ばかりするし（略）、し方なしに外をつれてだまして〈あやして〉居ます。（明治四十二年七月五日　堀合ふき子・孝子宛節子書簡）

ひにましきょうこおがり〈大きくなり〉、わたくしのちからでかでる〈子守をする〉ことおよびかねます。（明治四十二年四月九日　啄木宛母カツ書簡――ローマ字日記四月十三日）

強情に我を主張し、大人を疲れさせる子の姿が浮かんできます。しかし、「強情」や「きかんぼう」だけが、彼女が叱られる原因だったでしょうか。歌にあるように、啄木は京子を「叱り過ぎ」る自分を感じ、「かなし」「さびし」等という感情に襲われているのです。

なぜ「叱り過ぎ」てしまうのか。「過ぎ」てしまう、その部分に、啄木の事情がありました。晩年の日記を読んでみましょう。

予の前にはもう饑餓の恐怖がせまりつゝある！　（明治四十四年四月二十五日）

父が怒つて母を擲つた。　（同年五月三日）

せつ子は気狂ひになるやうだといつて泣きわめいた。　（同年六月六日）

私の家は病人の家だ、どれもこれも不愉快な顔をした病人の家だ。

（明治四十五年一月十九日）

貧窮と病気にとらわれた、晩年の悲惨とも言える日々の中で、家族の心は荒み、啄木は「旅を思」います。目前の現実を、直視し得ないのです。「思ふ」はあくまで「思ふ」であって、実現されるものではありませんでした。しかし彼は、思わずにおられません。彼にとって「旅」は、「自由」の別称でした。「旅」の行き先、それは家族のいない場所でした。

予はなぜ親や妻や子のために束縛されねばならぬか？　親や妻や子はなぜ予の犠牲とならねばならぬか？

（明治四十二年四月十五日）

家族との関係を、「束縛」「犠牲」という語でしか、啄木は表現できません。このような状況にあって、母や妻は、啄木を苛立たせないように気を遣いもしたでしょう。しかし幼い京子は、親の事情などわかりません。我を通そうと泣き喚く京子の姿に、啄木は、自分の背負っている「家庭」というものの正体を見たような気がしたに違いありません。

啄木は京子に、逃げられない「現実」を見たはずです。その苛立たしさが、「叱り過ぎ」るという行為になってあらわれた。そしてそのことへの悔いと自責が、これらの歌になったのではないでしょうか。

しかし京子は、どんなに叱られてもすこやかです。啄木は先の歌と同時に、「すこやかに背丈のびゆく子」「労働者」「革命」などいふ言葉を聞きおぼえ」た子、「あらん限りの声を出し、唱歌をうたふ子」「玩具をすてておとなしく、わが側に来て」「坐りたる子」、「お菓子貰ふ時も忘れて」「町の往来を眺むる子」を歌っています。すこやかに開かれた、「未来」を感じさせる京子が描かれています。娘の成長を「見る」啄木の、父らしいまなざしも感じられます。

安元隆子氏は、京子のイメージが、ロシアの革命家ソフィア・ペロフスカヤの面影と結びついて、次の歌になった、と論じています。

（「「ソニヤ」の歌―ニヒリストカへの憧憬―」『石川啄木とロシア』翰林書房　二〇〇六年）

五歳になる子に、何故ともなく、
ソニヤといふ露西亜名《ろしあな》をつけて、
呼びてはよろこぶ。

（『悲しき玩具』）

「ソニヤ」はソフィア・ペロフスカヤひとりを指すのではなく、「新しい生き方を模索して活動するロシアの女たちの総称」であり、「京子に呼びかけた『ソニヤ』という名前には、日本女性たちの精神の覚醒と自立を願う啄木の想いも響いていたのではなかったろうか」というのが氏の結論です。

京子は、疲れ切った家族の中にあって、ただひとり「未来」を感じさせる存在でした。現実に閉じ込められ、身動きが取れなくなっている父は、子に呼びかけます。

その親にも、
親の親にも似るなかれ――
かく汝《な》が父は思へるぞ、子よ。

（『悲しき玩具』）

親が子に伝えるべき言葉として、これほど切ないものがあるでしょうか。親としての不甲斐ない現在を自覚しているから、だけではありません。「叱れども、打てども泣かぬ」京子の依怙地な姿に、「われもしかりき」（自分もそうだった）と、自身の面影を啄木は見出しています。自分のような道を歩まなければいいが……という思いが、「似るなかれ」と言わせ、生きてほしい具体的な姿を考えさせるのです。

ソニヤのイメージは、安元氏の指摘するように、新しい時代の女性像だったのでしょう。啄木が京子を「何故ともなく」ソニヤと呼んだのは、「新しい生き方を模索して」ついに倒れようとしている彼が、娘はかくあれかし、との思いを、無意識のうちに「ソニヤ」という呼び方に託した、と言えるのではないでしょうか。

2　ソニヤになろうとする京子

父にそのように望まれた京子は、どんな少女に育ったでしょうか?
きかんぼうだった京子は、五歳で父啄木と、六歳で母節子と死別します。
父亡き後、母に連れられ房州（千葉県館山）へ、そして函館へと、京子の小さな足跡は続きます。

病気の母と暮らす京子の姿を、郁雨の歌から拾ってみましょう。

日に幾度反逆しては母泣かすあはれあはれ汝啄木の子よ
母のことよく聞きわけて病院を出されぬ様にせよとは言ひしが
父に似る汝のこころが悲しとて父はもうたへりあはれ京子よ
病院の母が傍にておとなしく半日ほどはくらせしか子よ
病院の窓ぎはにゐて日一日誰かも来ると待ちわびぬらむ
汝が父といさかひしけるわれぞとも知らじな汝のわれをしたへる
病む母の傍に坐りてまじまじと医者の言葉を聞きゐしその顔

（宮崎郁雨『鴨跖草』）

何も知らずに病む母の傍らにいる、あどけない京子がいじらしく、涙を誘われます。母に逝かれた京子と妹の房江は、函館に移住していた母方の実家堀合家で育てられました。女学生の頃の彼女の短歌*が残っています。

＊少女期の京子の歌は吉田孤羊『啄木を繞る人々』、堀合了輔『啄木の妻節子』や『石川啄木研究雑誌　呼子と口笛』等に何首かずつ見える。中には三行書きのものもあるが、京子自身がそのように表記したのかどうかは定かではない。次の十首は、作山宗邦「啄木の長女京子と遺愛女学校」(『函館私学研究紀要―中学・高校編―』第三十一号　函館私学振興協議会　二〇〇一年二月一日）に載る三十五首の中から引用した。

幼くて家庭の冷たさ知りし子は暮れゆく部屋に亡母を思ひぬ
今日も亦心の奥のその奥の鐘の音聞ゆ誰の撞くらん
声あらげ叱りて見しが天地に一人の妹と思へばいぢらし
久々の友の便りにあまりにもかな違ひ多きが今日のかなしみ
悲しきはかかる性もつ我なりき秋の夕に笛の音をきく
何かなし嬉しき事のある如き朝なり故郷の夢を見たれば

立待の岬なつかし海恋し病の床に伏してぞあれば
いさかひて別れし夜は殊更に君恋しさのつのり来る哉
おの丶きつ握りしめたその御手の冷たきにふと我にかへりぬ
此の丘に今日も来りて海に向ひ君の御名をば呼びて見る我

少女期の感傷が歌われて頬笑ましくもありますが、父・啄木の歌の影響も感じられます。幼くして両親を亡くし、母の実家とはいえ、歳の近い叔父叔母が大勢いましたから、日々の生活の中で、いろいろ思い通りにならないこともあったでしょうし、思春期の心が、必要以上に「家庭の冷たさ」を感じさせ、自分と妹を居候のように思わせたのかもしれません。

特筆すべきは、彼女がペンネームとして「ソニヤ」を使用していたことです。

センチメンタルな歌を作る女学生の京子は、啄木の「ソニヤ」に込めた思いを、かならずしも深く理解していたわけではなかったでしょう。ただ父の歌を読み、自分が「ソニヤ」と呼ばれていたことを知り、その異国の響きに酔っていたのかもしれません。彼女が「ソニヤ」とつぶやくとき、センチメンタルな涙で頬が濡れたことでしょう。父が己が名に涙したように。

己が名をほのかに呼びて
涙せし
十四の春にかへる術なし

（『一握の砂』）

およそ京子はそのような少女でした。

啄木・節子亡き後、京子とその妹の房江を育てた堀合忠操（京子から見て母方の祖父）は、石川一禎（京子から見て父方の祖父）に宛てて孫の様子を書いてやった手紙に、京子は一君《はじめ》の性質を受け継いで学業にはきわめて熱心だけれど、女性の最も大切な裁縫は嫌い、炊事や洗濯など、身体を動かすことを好まない怠け者である、と書き、体質が弱いせいか、閑さえあれば寝転んで新聞や雑誌を読んでいる、と嘆いています。

しかし怠け者、といいますけれども、「学業に熱心」であるとか「閑さえあれば新聞・雑誌を読んでいる」というところは、京子の知的好奇心の高さをうかがわせます。「体質の弱い部分が、それに拍車をかけたとも言えるでしょう。

京子は、裁縫や炊事よりも、活字を好む、いわゆる「文学少女」に成長していたのです。

このような彼女が、「石川啄木」の子であるということを意識しないはずはありません。

母・節子の弟で、京子より五歳年長の叔父・了輔は、次のように書き記しています。

大正十年前後、京子が啄木を意識し、日記を読んだり、外に持ち出し、高等小学校や遺愛女学校の友人、先生に見せて、一枚、二枚と与えたり貸したりして一時ゆくえがわからないこともあった。

（『啄木の妻節子』洋々社　一九七四年）

京子が函館の遺愛女学校に在籍したのは、大正九（一九二〇）年から十四（一九二五）年ですが（六月に退学）、大正八年に、新潮社から土岐哀果・与謝野寛編纂の『啄木全集』全三巻が刊行されています。十一年には北上河畔に「やはらかに……」の歌碑が建ち、十二年は杉浦翠子の啄木短歌批判に端を発した、いわゆる「啄木めでたし論争」が短歌界を賑わし、十四年には十三回忌の法要や記念会が、数ヶ所で開催されています。石川啄木の名が、徐々に世に浸透し始めてきた頃です。

文学好きの京子は、さびしい身の上の自分たち姉妹が、文学者・石川啄木の娘であることを大いに意識し、誇りとも感じたことでしょう。「ソニヤ」と自分を呼ぶとき、彼女の胸に、父に続く仄かな道すじが描かれていたのではないでしょうか。

この思いは、大正十一年夏に、叔母ろく子（節子の妹。二歳年上）・従姉妹の孝子（郁雨の長女）とともに渋民・盛岡を訪ねたことにより、さらに強いものとなっていきます。この頃の京子について、叔父・了輔は次のように書いています。

京子の渋民村訪問は、あとにも先にもこれ一回きりであった。その前後から京子は両親のことを意識し、おばの三浦光子や土岐哀果などに手紙を出し、いろいろのことを尋ねるようになり、また文学にも興味をもちはじめ、短歌なども作った。(『啄木の妻節子』)

土岐哀果宛の書簡にも、父を思い、文学に目覚めていくさまがうかがえます。

今年の夏に十一年ぶりでなつかしい盛岡にかへつて参りました。深い記憶もございませんでしたが、只すべてのものがなつかしうございました。

(大正十一年十一月二十五日)

此頃は何時も父さまを思ひ出す閑古鳥がなきしきつて居ります。(略) あのかつこー〳〵と啼く声をきき乍らしきりに父さまをしのんで居ります。

(大正十二年六月六日)

父さまの子に生れた事が一番苦しい事です。そして父さまの子だつたから不幸だなぞとも思ってます。このごろ（略）和歌を少しみを入れてよんでます。（略）自分で浮んで来れば手帳に書きなぐつて置きますけれど（略）おいそがしい所を恐れ入りますけれど見て戴けませんでせうか。

（大正十四年十二月九日）

「父さまの子」であるという意識が、和歌の勉強をさせ、自ら歌を作りもさせるのです。「歌人石川啄木の子」——女学生の京子の心を占めていたのは、この一事でした。

父の日記を持ち歩いたり、手帳に歌を書きつけたり、父母のことを熱心に問い訊ねる京子。「父さまの子に生れた事が……苦しい」「父さまの子だつたから不幸だ」としたためてはいますが、彼女にとって父の存在は、重圧であるよりも、誇りであり慰めであり、自分の人生の後押しをしてくれるものでした。

女学校在学中に彼女は新聞記者・須見正雄（後に京子と結婚し石川姓に）を好きになり、積極的に行動して、世間に騒がれ、結局退学するのですが、卒業を目前にしての退学に踏み切らせたのは、「啄木の娘」であるという意識が、彼女を大胆にしていたのかな、とも思います。

彼女が終生、「啄木の娘」であろうとしたことは間違いありません。そのあかしとしての、「ソニヤ」の名を愛着していたことも。

ところで、父に対する認識と、「ソニヤ」という言葉に抱くイメージは、歳とともに変化していったようです。昭和五年の日記帳から、京子の言葉を引いてみます。フランスへ行った夫の飛躍を期待しつつ待ちながらの日記です。

クロポトキン相互扶助論よむ。（略）社会を、人生を勉強しなくてはなりません。そのためには（略）あなたのお力添えがたんとたんと必要です。見離さないで下さい。導いて下さい。（略）貧しさ！　そんな事は覚悟してます。

（二月六日）

「青年に訴ふ」読みなほす、（略）しみ〴〵勉強しなければと思ふ。われ〳〵が、如何なる社会と、如何なる時代に生きて居るかを、はつきりと認識しなくてはならない。

（二月二十六日）

私、体のつづくかぎり働きます。たほれるまで、私達の為めばかりではない。全国の、全世界の貧しい人達のために、自分をささげる事が出来るのだつたら、こんなうれしい事はない。

（三月一日）

感傷に沈む少女だった京子は、社会に目を向け、貧しい人々に関心と愛情を寄せる女性になっています。「「労働者」「革命」などいふ言葉を聞きおぼえ」た子は、いまやそれらについて、真剣に考え始めているのです。

夫の石川正雄は、「日記を通じて見た京子の思想的進展といふものは極めて幼稚なもので、クロポトキンもマルクスも同一範疇のものにしか理解し得なかった」と書いていますが、彼女がクロポトキンを読み、時代や社会について考えようとしたのは、夫正雄を理解し、彼と思いを共有するためでした。夫と離れている間、少しでも彼に近づこうと勉強している、いじらしい姿が浮かんできます。

このことは、京子の夫への純情を示すと同時に、祖父忠操が見た「学業に熱心」「閑さへあれば……新聞雑誌を手にし」という少女時代の京子が生き続けていたあかしともなるでしょう。三月半ばに夫は帰国しますが、ほどなく上京を断行します。

上京後、夫妻は『石川啄木研究雑誌　呼子と口笛』*を刊行します。「啄木研究」と銘打ってはいますが、頻出する「プロレタリア」「搾取」「階級闘争」等の文字が示しているように、純粋な文学研究雑誌というより、社会主義系の啓蒙雑誌と捉えることができるでしょう。

*昭和五年八月に創刊されたが、この年の十二月に京子は二十四歳を目前に亡くなっている。三番目の子どもを妊娠中に、急性肺炎に命を取られてしまうのである。第六号（昭和六年一月発

行）は、「石川京子追悼号」となった。第十四号（昭和六年九月）で終刊。本章に引用した京子の日記と上京後の歌、土岐哀果（善麿）宛の手紙、彼女への追悼文、正雄の文章等、断りのない場合は、すべて第六号に載るものである。以下この雑誌を『呼子と口笛』と表記する。

『呼子と口笛』終刊号（第十四号）で、正雄は「一年二ヶ月」と題して、創刊から終刊までを総括していますが、創刊の目的について、次のように記しています。

呼子と口笛は、啄木の危険性を明確にしそして正しい認識のもとに、啄木の正道を歩み、我々の前進の進軍ラッパたらしむる目的のもとに生れたのであつた。

「啄木の危険性」とは何でしょうか。彼の考える「啄木の正道」とは、どのようなものだったのでしょうか。

終刊一号前の、第十三号巻頭に置かれた「創刊一周年を迎へて」の冒頭「啄木の研究から、更に彼の思想を敷衍し、未完成の啄木を完成へと志して創刊」という語句と並べると、わかりやすいでしょう。啄木は「未完成」ゆえに「危険」であり、「完成」へと「彼の思想を敷衍」させることが、「啄木の正道」つまり啄木を正しく理解する道だ、というのです。

終刊号「一年二ヶ月」には、「未完成」「危険」の内容が、具体的に「感傷主義」「浪漫主義」「無政府主義」「虚無主義」等の語で示されます。晩年の啄木は、これらの「夾雑物を整理して」新しい段階に進んでいたのであり、啄木のそのような部分を「揚棄」し、「今日の階級闘争」を推し進めることが「啄木の明確な遺志」であると主張しています。

『呼子と口笛』という誌名にも、この雑誌の性格が表れています。

『呼子と口笛』というのは、啄木が遺した詩稿ノートの題名です。そこに収められた詩は、啄木晩年の思想の高まりが伺えるもので、ことに「はてしなき議論の後」の中の〈V NARÓD!（ヴ・ナロードゥ）〉（人民の中へ）という言葉に、この詩集の性格が端的に表れていると思います。京子夫妻が出版した雑誌も、「人民の中へ」という思いを実践しようとしたものであると推察できるのです。

ここまで考えてきますと、この雑誌が、啄木が土岐哀果と計画して果さなかった雑誌『樹木と果実』の構想を、実現する性質のものだったのではないかと思われてきます。

京子が、夫の影響下にあったことは間違いありません。ですから、この雑誌を通して、京子の思想的成長をある程度測ることができるのです。「啄木の正道」は、少女期に考えていた「感傷歌人」といったところにではなく、むしろ晩年の「思想家」的側面を発展させたところにある、と京子は考えていたのではないでしょうか。

「啄木の子」であることを意識しながら生きてきた京子は、常に「啄木とは何者か」という問題と向き合っていたはずです。父・啄木とは何者か、「啄木の子」であるとはどういうことか？

『呼子と口笛』を刊行していた頃の、つまり晩年の京子であれば、父がソニヤのようになれかしと願った、その「ソニヤ」がどんな人を指すのか、知っていたことでしょう。とするならば、意識して「ソニヤ」たらんとしていた、と考えてもいいのではないでしょうか。

また、京子は夫に対して、涙ぐましいほどの純情を寄せる女性でした。「ソニヤ」は夫が自分に求めている理想像とも合致するものでした。彼女の追悼号に、そのような姿が回想されています。

「女房」ではあり得ても、「夫」の「同志」である妻は少ない。京子さんは石川君の同志であつた。

（本地正輝「石川京子さんを悼む」）

京子氏こそは明日の女性の一典型であつた。少く共それであり得た所の僅かな女性の中の一人でありました。

（山川亮「弔辞」）

先に「京子の思想的進展といふものは極めて幼稚」と言った正雄の文を引きました。そう言いながらも彼は、「上京後、私の周囲のよき同志に影響せられたる事非常に大でおぼろげながらマルキシズムの大綱を理解し得るやうになつた」と、彼女の思想が深化しつつあったことを付け加えています。

過渡期だったのです。生き長らえて、自分の言葉で思想を語れるようになっていたならば、どんなにか魅力的な女性となっていたでしょうか……早すぎる逝去が痛ましくてなりませんが、父の願う「ソニヤ」のイメージに、近づいていたことは確かでしょう。

京子の中の「ソニヤ」像の変化は、とりも直さず啄木理解の変化＝深化を示すものと思われます。彼女の父への——そして夫への——純情が、それを促したと言っていいのではないでしょうか。

3　京子の「故里」

冒頭に掲げた京子の歌を、もう一度見てみましょう。

この歌に言う「故里」とは、何処だったのでしょうか、彼女が最後に帰りたいと願ったのは岩手（渋民・盛岡）・函館のいずれだったのでしょうか？

それを明らかにすることは、決して無意味なことではないのではないか、と私は思います。故郷を追われても、なお切実にそこを思い続けた父・啄木と通底する感性を、京子に見ることができて興味深いからです。また啄木・京子に限らず、人間にとって「ふるさと」とは何か、ということを考えさせられもするからです。

盛岡→渋民→函館→小樽→函館→東京→房州（千葉県館山）→函館→東京というのが、彼女の二十四年間の軌跡です。

五歳で父と、六歳で母とも死別――以後は函館に移住していた母の実家堀合家に引き取られ、そこで多感な少女期を過ごします。函館を去り、東京に出たのは、亡くなるわずか八ヶ月前ですから、ものごころついてからのほとんどの時間を、函館で過ごしたと言っていいでしょう。

京子は、ずいぶん長い間岩手を憧れ続けました。先に紹介した土岐哀果宛書簡（大正十一年十一月二十五日）からは、盛岡に帰った折の「すべてのもの」を「なつかし」く感じている様子がうかがわれました。同じ手紙に、次のような一節もあります。

今私に一番なつかしいものはふるさとでございます。なにかにつけて思ひ出すのはふるさとのことばかりで御座います。（略）もう一度ふるさとに帰りたいと思つて居ります。

函館にあって、彼女は「ふるさと」を思います。そこは自分の生れた所であり、父母が心を残しながら、ついに帰ることの叶わなかった場所です。父が「かにかくに」恋しいと歌った故郷を、京子も「一番なつかしい」「もう一度……帰りたい」と偲んでいるのです。この思いは、故郷に繋がる全てのものへの憧れとなって、彼女の胸を焦がします。

九月頃から祖父の義姉があそびに来て居ります。大好きな盛岡弁を毎日聞ける事が今の楽しみでございます。そして私も大分上手になりました。大ていの事ならわざとくにの言葉をつかつて居ります。

（大正十四年十二月九日　土岐哀果宛）

吉田耕三の回想を読んでみましょう。

（大正十五年九月）京子さんが親しい盛岡弁丸出しで話して下さいと強請《ママ》んだり、拙い盛岡の地図を画いて正雄さんの知らない盛岡話しに花が咲いた事など今更胸に浮び出て参ります。

（「尽きせぬ恨み」『呼子と口笛』第七号）

誰でもいい、盛岡弁を話す人ならば、盛岡のことを話してくれる人ならば……。身体の発育の遅かった妹の房江は、祖父の愛情と憐憫を受け、函館を自分の居場所とすることを疑いませんでした。*

＊結核を患った房江は、姉夫婦の上京に伴い神奈川県茅ヶ崎の南湖院で療養していたが、病床の彼女は、函館出身の看護婦小田桐操をつかまえては、函館弁で話をしたがったという。『呼子と口笛』第七号に、「幼い頃からご両親に代つて育てて下さつたお祖父様を恋ふる心は一日も止まなかつた」彼女に、「来年は一緒に函館にゆきませう」と約束したことを、小田桐は書いている。

これに対して、京子は函館以外の所に「ふるさと」を求めたのです。盛岡や渋民について、京子にはほとんど思い出がなかったでしょう。人づてに聞いたことや、父の作品から得たイメージを記憶として組み立て、憧れていたのです。それが女学校時代に盛岡の親戚を訪ね、渋民を巡り、故郷を体験することによって、郷愁は切実なものとなっていったのでしょう。その裏には、函館に対する屈折した思いがあったように思います。

京子は祖父の家にあって、かならずしも扱いやすい子ではなかったようです。「幼くて家庭の冷たさ知りし子」の、「家庭の冷たさ」を引き起こした原因の一端は、彼女自身にもあったかもしれません。彼女が、「悲しきはかかる性もつ我なりき」と、自分の「性《さが》」を「悲し」と歌っているのは、孤立しがちな日常をうかがわせると同時に、そのように行動してしまう自分の性格を淋しんでいるようにも思えます。

*母に逝かれた京子と房江が祖父に引き取られたのは、大正二年、彼らが六歳と一歳の時であった。祖母は大正八年に亡くなっており、それ以降は祖父の忠操が一人で、彼らと自分の子どもたちを育てた。彼の子どもたちすなわち節子の弟妹たちの中には、二人とたいして歳の違わない者たちもいた。親の愛情を姪に分け与えなければならなかった彼らもまた、淋しかったに違いない。

次第に、上京を決意するほどの居辛さを感じていくようになっていく、そのあたりには諸事情が複雑に絡み合っているのでしょうが、結婚し夫の正雄が加わって、実家との確執がより大きなものになっていったようです。

考えられることの一つとして正雄の失職が挙げられるでしょう。記者時代、上司と衝突しては新聞社を転々とする彼は、まるで北海道時代の啄木のようです。やがて「イージー、《ママ》

ゴーイングな地方のジャアナリスト生活のつまらなさに堪へ切れなくな」（常野知哉「あのころ……あれから」『呼子と口笛』第七号）り、後先考えず「支那行き」を目論んだかと思うと、誘いがあったからと「巴里」行きに切り替えるような無鉄砲さや、彼自身「妻の放漫な家計振りと、私自身のだらしなさで」生活が「行き詰ま」っていた（「歩いて来た道」、『呼子と口笛』第二号）と書くような夫妻の無計画さが、親族から批判されたのかもしれません。

その正雄は、自分がフランスに遊学したこと及び上京の折のことを、次のように回想しています。

私達一家は親戚間の冷淡と無理解さから免れんと、私の旅となり、十ヶ月ばかり留守にした。（略）祖父以外の人達は（略）房江ちゃんの病気の原因がまるで私にあるかの如き非難さへ浴びせた。私はどうせ東京へ出る腹をきめてゐた。（略）どうせ故郷にいれられない石川一家なのだと、急いで家をまとめ（略）一部の親戚の冷たい眼に送られながら、故郷をのがれた。

（「房江ちゃんのこと」『呼子と口笛』第七号）

友人常野知哉も、正雄に語りかけて、

愚劣なる親類（略）の種々な言葉を浴び乍ら喜んで君を海外に送り、其の言葉を浴び乍ら、寂しく孤城を護って居たお京さん（略）親類共の雑言を浴びて、遂ひに君達夫妻が、啄木が渋民村を去った時の様な気持の裡に、勇ましく、東京に進出した

（「あのころ……あれから」『呼子と口笛』第七号）

ここからも、親戚との何らかの行き違いが、上京を決意させたことがわかります。上京後の京子の日記には、「函館とのクサレ縁を切る（略）きれいさっぱりと、フルサトを蹴とばして」（昭和五年五月十日）とあります。当時の京子は、「啄木が渋民村を去った時の様な気持」を感じていたかもしれません。

しかし、そこにどのようなわだかまりがあろうとも、この時点で函館は二人にとって「故郷」と認識されていることに注目したいと思います。京子は、「フルサト」とカタカナで揶揄的に表現してはいますけれど。

一家で函館を発つ時、京子は、渋民を出る日の父母を思ったでしょう。そして正雄が感懐した、「どうせ故郷にいれられない石川一家」の宿命を感じたことでしょう。上京後の歌を見てみましょう。

故郷《くに》の事思ふいとまもなきままに
　移り来てより
　六月経りたり

さえ渡る汽笛の音に
　忘れゐしふるさとの秋を
思ふこのごろ

津軽の海いかつり船のいさり火の
　夢を見し日の
　寝ざめ悲しも

忘れやうとつとめた故里《くに》の夢を見た
朝は悲しい秋風が吹いてた

「忘れやうとつとめ」るという意識は、そこが彼女にとって忘れられない場所となっているということを図らずも示すものでしょう。父・啄木は函館に特別な思い入れを持ちながら、しかし「石をもて追は」れた渋民を「ふるさと」として、最後まで忘れることはありませんでした。

石をもて追はるるごとく
ふるさとを出でしかなしみ
消ゆる時なし

（『一握の砂』）

京子は逆に、長年父母の故郷・渋民を恋いながら、最後には函館を、「忘れやうと」して忘れられない「ふるさと」だと気づくのです。

なぜでしょうか？　それは函館が、自分を育んだ町だったからではないでしょうか。

明治四十五年七月七日、母の節子は、土岐哀果に宛てて、「夫に対してはすまないけれども、どうしても（函館に）帰らなければ親子三人うゑ死ぬより外ないのです」と書いた手紙を送っています。

親子三人で生き抜くために、母・節子は病気の体に乳飲み子の房江を背負い、きかんぼうの京子の手を引いて、房州からはるばる、親を頼ってやって来たのです。同年九月四日のことです。

この日、鉄道桟橋に彼らを出迎えた節子の弟・堀合了輔は、その時の京子の印象を、「色白く小太りでわりあい元気であったが、どうしてか前髪が目にはいるほど長く、妙に感じられた」(『啄木の妻節子』)と記しています。幼い京子の目に、再会の「涙にむせ」ぶ大人たちはどのように映ったでしょうか。

その日から十五年、この土地で彼女は母と別れ、親のない子の淋しさも味わいます。ですがまた、恋愛・結婚・出産……甘い青春と人並の幸福も確かに存在したのです。函館を離れてみて初めて、彼女はそこに、過去の自分が確実に息づいていることを知ったのでしょう。どんな記憶も、時間が甘く切なく装飾します。彼女の中で、捨てた「故里」函館への思いが、醸成され始めるのです。帰れない場所だからこその、切実さを伴って。そしてその思いが、歌となったのです。父がそうであったように。

「石をもて追はるるごとく」出たふるさとを「病のごと思郷」する啄木、「忘れやうとつとめ」ながらも「故里の夢」を見ては「悲し」く目覚め、季節の移りに「ふるさと……を思ふ」京子。

思郷のこころ湧く日なり
目にあをぞらの煙かなしも

（『一握の砂』）

「ふるさと」とは何でしょうか。人はなぜ、ふるさとを思わずにいられないのでしょうか。啄木父子の望郷を思うと、人間にとっての「もうひとつの場所」ということを考えます。日々の生活の場とは異質の、「心の場所」とでも言いたいような。そして、心はいつも、そこへ帰っていくのではないでしょうか。

上京によって、今まで「生活の場所」だった函館が、京子の「心の場所」になります。容易に帰れる状況ではなかったからこそ、思う気持ちは募っていったでしょう。函館は次第に、父における渋民のような存在となっていくはずでした。しかし上京後、わずか八ヶ月にして、京子は二十四年の生涯を閉じるのです。父よりも母よりも若い死でした。

京子の生きる姿に、父・啄木への思いを読み取ってきましたが、彼女が母・節子へも強い思いを寄せていたことは言うまでもありません。

京子を、その我の強さを捉えて、啄木の妹・光子に似ている、という見方があります。また恋を貫き、女学校を中退した向こう見ずさ、潔さは啄木その人に似ているとも言われます。

ですが私は、京子は誰よりも母・節子に似たのではないかと思っています。正雄と知り合い、脇目も振らずに彼のもとに走って行く姿は、啄木に向かっていった節子にそっくりではありませんか。

正雄に対して京子は、あくまでも一途です。フランスに遊学した夫の帰りを待ちながらの日記に、「何事にも到らない自分だつた事が、父さんの前にはづかしい」と書き、「あなたのいと小さい妻」を「見離さないで下さい。導いて下さい」と懇願するほどに。夫に付き従う京子の姿に、啄木に生涯連れ添った節子の面影を重ねてしまうのです。

あれほど家事を嫌い祖父を心配させた彼女が、「ガラスふき、茶箪笥、戸棚のお掃除」「長じゆばんの襟をかけたり、おせんたく」と書き記しているのは、頬笑ましくも、健気です。

晩年の京子は、明らかにソニヤになろうとしていました。父の思想を、愛する夫とともに受け継ぎ、発展させようとしていたのです。

啄木の娘・京子は、父のこころざしの高さと、母の心のたたずまいを持つ女性でした。いのち長らえて、ソニヤのように、新しい時代を開いていく姿を見せてほしかった、と思わずにいられません。

18歳、弥生小学校教員の頃

橘智恵子は、啄木が函館の弥生小学校で代用教員をしていたときの同僚だった女性です。従来彼女と啄木に関して、さまざまな想像が為されてきました。

ふたりの関係はどのような性質のものであったのか。互いに好意を抱いていたのか。好意ではなく、もっと親密な、もしかして切実な感情であったのか。それとも啄木の一方的な、片思いであったのか。もしくは啄木にも特別な感情はなく、単なる歌のモデルとして、智恵子の風貌や境遇を借りたに過ぎなかったのか。……そんなことを、たくさんの人が論文に書いたり、議論してきました。智恵子という女性について、また彼女と啄木との関係について、皆が知りたがっているのです。

何故でしょうか。それは彼女が啄木の作品において、具体的に言いますと歌集『一握の砂』において、破格の扱われ方をしているからなのです。それから日記や書簡に残る啄木の言葉に、彼女に対するとても純粋な思いを感じるからです。なのに、いくつもの事実が、二人の関係はごく淡いものであったということをさし示しているのです。

啄木の人生と文学にとって、智恵子はどのような存在であったのでしょうか。

1　鹿の子百合

啄木が北海道に渡ったのは、明治四十年五月五日のことでした。函館・札幌・小樽・釧路と転々として、翌年の四月二十四日には上京しますから、彼の北海道での生活は、一年にも満たないのです。ちょうど彼が二十一歳の頃にあたります。

智恵子と出会ったのは、函館の弥生小学校の同僚として、でした。

当時の弥生小学校は、尋常科四年制で、十四学級一一〇〇名、という大規模校でした。教員は校長以下十五名。教師の内訳は男性七名、女性八名となっています。

一言で教員といっても訓導*・準訓導・代用教員というふうに身分が分かれていて、智恵子は女性でただひとりの訓導でした。

＊小学校の教員となるための正式の教育を受けて、教職に就いた人、つまり師範学校を出た人を指して言う。智恵子は札幌高等女学校（現在の札幌北高等学校）を卒業した後、補習科に進んで小学校教員の資格を得ている。

当時は職員室に入ると、表札くらいの大きさの木の札に、校長以下、訓導から代用教員までの名前が筆で書かれて、階級順にかけられていました。給料も、このとき代用教員の啄木は月給十二円でしたが、訓導は初任給が二十二円。

智恵子はそのとき十八歳で、教職に就いて二年目でしたが、啄木の二倍近い給料をもらっていたと思われます。同僚とは言っても、訓導と代用教員では、厳然たる身分差があったようです。

啄木が代用教員をするのは、弥生小学校が初めてではありませんでした。北海道に来るまで、彼は母校の渋民小学校で一年間、代用教員をしていました。尋常科二年の担任でしたが、高等科の地理歴史と作文も率先して受け持ち、放課後希望者に英語を教えたり、自宅で朝読を始めたりと、実に熱心な教師でした。その頃の啄木は、自分の一言一句に反応する子どもたちが、食いつきたいほどかわいい、彼らの持って生まれたいいところを、そのまま伸ばしてやりたい、と言っています。

自らも意欲的に語学や音楽を学び、小説を書きました。このときの給料は、弥生小学校の十二円よりもさらに少なく、八円でした。しかし自らを「日本一の代用教員である」と言った、その言葉に恥じない生活を、当時の啄木はしていたのです。「私に教へらるゝ児童は幸福なることゝ信じ申候」（明治三十九年三月十一日）と、与謝野鉄幹に書き送ってもいます。教育者としてのプライドが伺える一節ではありませんか。

啄木は、「詩人のみが真の教育者である」と信じていました。自然の最も美しい部分を歌い上げる詩人だけが、人間の最も美しい部分を伸ばし、成長させ、立派な大人にすることができる、と考えていたのでしょう。

では、弥生小学校でも啄木は、そのような熱心な教師だったのでしょうか。智恵子が見た啄木は、渋民にいたのとはまったく違う啄木でした。

彼は六月中旬から弥生小学校に勤め始めるのですが、一ヶ月もすると無断欠勤が続くようになり、八月中旬には、辞表を提出しないままに、函館日日新聞社に入社しています。それからほどなく、函館大火に遭い、学校も新聞社も焼けてしまって、結局はこの街を去らざるを得なくなるわけです。

啄木のこの変化は何処から来たのでしょう？　おそらく北海道の土を踏んだ時点で、彼は「流浪の人」「漂泊の人」という意識を強く感じたのです。故郷を追われたという絶望感、自分は「役に立たざるうた人」であるという劣等感、これからどう生きていくのかというあてどなさ……これらが一体となって啄木の気分を陰鬱にしていました。彼が弥生小学校で一転して不真面目な教師と化したのは、こうした背景があってのことと推察しますが、見た目には、まったくやる気のない代用教員の啄木が、そこにいたということです。弥生小学校の同僚たちには――ということは、智恵子にもですが――啄木は欠勤の多い、いい加減な男に見えていたでしょう。

では、智恵子は、啄木からはどのように見えていたのでしょうか。

啄木が弥生小学校の同僚たちについて、ひとりひとりの印象を書き連ねた文章が残っています。男女両方について、ずいぶん乱暴な、悪口雑言《あっこうぞうごん》とも言えるようなことを書いています。次の文章は、女性の先生方について書いた部分です。

女教師連も亦面白し。遠山いし君は背高き奥様にて煙草をのみ、日向操君は三十近くしての独身者、悲しくも色青く痩せたり。女子大学卒業したりといふ疋田君は豚の如く肥り熊の如き目を有し、一番快活にして一番「女学生」といふ馬鹿臭い経験に慣れたり。森山けん君は黒ン坊にして、渡部きくゑ君は肉体の一塊なり。世の中にこれ程厭な女は滅多にあらざるべし。高橋すゑ君は春愁の女にして、橘智恵君は真直に立てる鹿ノ子百合なるべし。

（明治四十年九月四日　日記）

最後に智恵子の名前が見えます。いちばんいいのは後に残しておこう、というような感じの書き方なのですけれども。

智恵子は啄木の目にどのように捉えられていたか。「橘智恵君は真直に立てる鹿ノ子百合なるべし。」

女性を花にたとえるというのは、現代でもそんなに珍しいことではないですが、特にこの時代、よく為されていたようで、たとえば、啄木は妻の節子のことは白百合にたとえています。百合は彼がとても好きな花でした。

智恵子がなぜ鹿の子百合だったのか。

鹿の子百合は、ピンクの花びらに赤い斑点がたくさん散らばっていて、けっこう華やかな印象を与えます。智恵子は清楚でさわやかな女性と言われていますが、啄木は意外と、彼女の中に、あでやかな、たおやかな、女性的な魅力を見ていたのかしら、と私は思ったのです。でも啄木が歌に歌ったり、日記や手紙に記している智恵子は、やはり派手というよりは清楚なイメージなのです。このことについて、啄木の妻の節子の母校・盛岡白百合学園高校の安倍冨士男先生は、手紙で次のように教えてくださいました。

たしかに鹿の子百合は、色も模様も派手で、清楚というより、あでやかな感じがします。それなのに、花言葉を調べてみると「飾らぬ美」であるとか「上品」「威厳」「純潔」「無邪気」などと出てくるのです。なぜか。

そのわけは花の「姿」に、あるのではないでしょうか。鹿の子百合は、いつもうつくように咲いているのです。きれいな花なのに、うつむきかげんに咲いている、その姿が「清楚」に見えるのでしょう。とくに間近でクローズアップで見るのではなく、中景か遠景で見たときに、楚々とした美しさがあるように思います。

花の姿に着目した、とても面白い見方だと思います。啄木が彼女のことをどんなふうな感じで眺めていたのかも、想像できるような気がします。

訓導であった智恵子は、ある意味で、啄木から見れば高嶺の花です。しかし決して驕った感じは与えなかった。りんとしていて、しかも謙虚な雰囲気をただよわせた女性だったのではないか、と想像します。啄木は、職員室で仕事をする智恵子、子どもたちと語る智恵子、さっさっと廊下を歩く智恵子を、遠くの方から好ましく眺めていたのではないでしょうか。

しかしこれを書いた時点では、啄木は智恵子と親しく話をしたことはありませんでした。

実際に個人的に言葉を交わすのは、彼女のことを「鹿ノ子百合」と書いた一週間後のことです。九月十一日の日記には、こう書いています。

午前仮事む所に大竹校長を訪ひて退職願を出しぬ。座に橘女史あり、札幌の話をきけり。

小学校が大火で焼けてしまい、校長の家が仮事務所になっていました。そこに、啄木が「退職願」を持参するのですが、たまたまその場に智恵子がいたのです。

啄木は校長に、退職して札幌に行くのだということを話したでしょう。校長は、そばにいた智恵子に、札幌といえば橘君、君の実家も札幌だったねぇ、などと言ったのでしょうか。これから自分が行くところでもありますから、啄木は彼女にいろいろ札幌の街のことを尋ねたりして、話が弾んだのだと思います。

その翌日、これは函館を去る前日なのですが、九月十二日の日記には、次のように記されています。

いひ難き名残を函館に惜しみぬ。橘女史を訪ふて相語る二時間余。

このとき啄木は十九歳のときに出版した『あこがれ』を持参しています。友人にあげた詩集を取り返して、彼女のところに持って行っているのです。

その前日に初めて話したも同然の啄木が尋ねてきて、智恵子はちょっと驚き、戸惑ったのではないかと思いますが、でもこころよく迎え入れて、二時間も話をしています。

実は啄木と智恵子が個人的に親しく話をしたのは、この二回だけなのです。この限られた時間の語らいで、彼が直感的に抱いていた「鹿の子百合」のイメージは、彼の中に決定的に定着したのだと思います。

たった二度話しただけの智恵子が、啄木の中で懐かしい存在になり、やがてその面影が歌として結晶していったのは、なぜなのでしょうか。それは、彼女の賢さや優しさに触れて、自分をわかってくれる人だと感じたからではないでしょうか。

詩人啄木として接することのできた文学仲間たちとの交際とは違い、職場においては、彼は異邦人に近いものがあったでしょう。一般の社会人から見たならば、啄木はいわば流れ者です。しかも先ほど述べたように、平気で無断欠勤を繰り返していたのです。こんな状態を見たならば、弥生小学校の同僚たちが、この得体の知れない青年をどのように感じていたか、容易に想像できます。

智恵子を鹿の子百合と言った先の日記に、啄木は他の同僚たちのことは存分に、からかうように、あざけるように書いています。それは裏返せば、大方の同僚たちを好意を持って見ることのできない状態に自分を置いていた、ということでもあります。

しかし智恵子は違いました。啄木は彼女と言葉を交わし、知性においても感性においても、とてもすぐれたひとりの女性を感じたと思います。この日自分の詩集を持参したのも、弥生小学校で見せたような怠惰な代用教員ではなく、颯爽とした詩人としての自分を見てほしい、これが真の自分なのだから……という思いの表れでもあったでしょう。

この、自分を見てほしい、自分の詩集を読んでほしい、という思い、伝えたい思い――これがのちに『一握の砂』の「忘れがたき人人」につながっていくのです。

2　ローマ字日記

『一握の砂』を見る前に、「ローマ字日記」について、ほんの少し触れたいと思います。そして智恵子と「ローマ字日記」がどう結びつくか、ということを、お話しします。

が、その前にあなたは、石川啄木というと、どのようなイメージを持っているでしょうか。

平気で嘘をつく男だったとか、借金をしても返さなかったとか、怠け者で仕事をしても長続きしなかったとか、友だちに家族を任せて東京に行って女遊びをしていたとか……細切れのエピソードが先行して、啄木のマイナスの部分ばかりが伝わっているような気がします。

たしかに北海道での生活を見ただけでも、そう言われても仕方のないような生活を、啄木はしていました。彼は北海道に滞在した一年足らずの間に、函館・札幌・小樽・釧路と転々としますが、ほとんどの場合自分から仕事を辞め、街を出ています。小樽でも釧路でも、新聞記者として有能な働きをしながら、途中でいやになってしまう。そして喧嘩をしかけるのです。自分の居場所を自分で壊してしまうのです。

なぜでしょうか。この破壊願望といいますか、苛立ちはどこからくるのか。その根っこを辿っていけば、家族の存在ということにいきあたるように思われます。

彼の父は曹洞宗のお坊さんでしたけれども、宗費滞納で住職を罷免され、そのために一家の生活の責任が、二十歳そこそこの啄木にふりかぶさってきたわけです。彼の痩せた身体に、家族がぎっちりとしがみついていました。彼はいつも重い枷を足に縛り付けられているようであったでしょう。

最大の苛立ちは、自分が本当にしたいことをできないでいる、ということだったと思います。啄木は代用教員や新聞記者を経験しますけれど、それは家族を生かす道ではあっても、自分を生かす道ではなかったのです。

彼が本当にしたいこと……それは、言うまでもなく文学でした。家族を函館に残したまま上京するときの船の中で、彼は「自分の文学的運命を極度まで試すのだ」と日記に記しています。

東京で、家族も生かし自分も生かす道を彼は模索します。それは文学で成功することでした。上京後彼は、小説の執筆に没頭します。しかし評価されませんでした。上京から十ヵ月後、生活の基盤を作って家族を呼ばなければ、という思いから、朝日新聞社を訪ね、校正係として採用されます。しかしそれから二週間も経たないうちに、「ああ、自分は働けるだろうか。働き通せるだろうか」と日記にしたためる啄木なのです。

不安と焦燥の日々が続きます。そして上京して一年後に書かれたのが「ローマ字日記」です。日記中に「死」という文字が頻出します。実際、日記に辞世の歌を書きつけたり、自殺の方法を考えたりしているのです。ところで彼に死を思わせたものは何かというと、家族の存在であったのです。函館にいる彼らから、早く呼んでくれろと矢の催促を受けても、生活の基盤ができていないので、呼ぶことができません。

彼は考えます。自分はなぜ親や妻や子のために「束縛」されなければならないんだろう。親や妻や子はなぜ自分の「犠牲」にならなければならないんだろう。自分と家族との関係を

「束縛」と「犠牲」の上に成り立つ、と捉えながら、しかし彼はそれを壊すことができません。彼の中に、「家族を見捨てる」という選択肢は存在しないのです。

彼が実にしばしば病気や死を思うのは、逃避とか退行という言葉でも説明できるでしょうが、これならば許してもらえるだろう、という自分自身への悲しい言い訳のようにも思われます。

「ローマ字日記」の中には、こんな言葉もあります。

'I am young, and young, and young.'* (予は若い、若い、若い。)

(四月二十一日)

*ノルウェーの劇作家イプセンの戯曲『ジョン・ガブリエル・ボルクマン』の中に I am young. という言葉がある。啄木は明治三十五年（十六歳の頃）初めて上京した折に、これの英訳本を数日で読んで、翻訳を試みている。

簡単な英文ですが、実に胸に響きます。文学に没頭したい、ただ書いていたい……しかし叶わぬことでした。未来を信じたかったでしょう。若さを確かめたかったでしょう。**I am young** は、こんなに若い（のだからどうにかなるだろう）という楽観の意味も、こんなに若い（のにどうすることもできないなんて）という悲観の意味をも併せ持つ言葉なのでしょう。

啄木の心は、両極を揺れていたに違いありません。

ローマ字日記は、このような、啄木が自分の問題と真正面に向き合った、のたうつような日々の記録なのです。

彼は文学に生きる自分と、家族を養い生活していかなければならない自分との間に、どう折り合いをつけるのか、という問題にずっと苦しみますが、実に真面目に、誤魔化さずに向き合っています。書いている啄木もどんなにか苦しかっただろう、と思いますが、読んでいるほうも脂汗《あぶらあせ》が出てくるような、そんな綴りなのです。

この読んでいて胸苦しくなるようなローマ字日記の中に、智恵子のことが出てきます。

明治四十二年四月七日に、北海道の智恵子から葉書が来るのです。

札幌の橘智恵子さんから、病気がなおって先月二十六日に退院したという葉書が来た。

この四月七日という日は、ローマ字日記を書き始めた、まさにその日で、堰を切ったような長い日記なのですが、智恵子に関する部分はこれだけです。

その二日後の四月九日の日記には、次のように書かれています。

おととい来た時は何とも思わなかった智恵子さんの葉書を見ていると、なぜかたまらないほど恋しくなってきた。「人の妻にならぬ前に、たった一度でいいから会いたい！」そう思った。

智恵子さん！　なんといい名前だろう！　あのしとやかな、そして軽やかな、いかにも若い女らしい歩きぶり！　さわやかな声！　二人の話をしたのはたった二度だ。一度は大竹校長の家で、予が解職願いを持って行った時、一度は谷地頭《やちがしら》の、あのエビ色の窓かけのかかった窓のある部屋で――そうだ、予が『あこがれ』を持って行った時だ。どちらも函館でのことだ。ああ！　別れてからもう二十ヵ月になる！

たった一枚の葉書が、啄木に、それを書いた人の姿を、声を、心根を思い出させます。彼はたくさんのエクスクラメーションマーク（感嘆符）とともに智恵子への思いを語ります。

ここで彼は智恵子に対して「なつかしい」ではなく「恋しい」という言葉を使っています。この「恋しい」が、次に続く「会いたい」と密接につながっていくことは言うまでもありません。「人の妻になる前に」と限定しているところは、彼が智恵子を、女性として十分に意識していることを表すでしょう。

このときから、智恵子が啄木の慕情の人になったと言っていいと思います。

函館時代、この日記より一年半も前のことですが、啄木が智恵子に対して他の同僚たちに対するのとは違う、好意的な感情を持っていたことは、先ほどお話ししたとおりです。そして自分の存在を誇示するかのように、詩集『あこがれ』を手渡してもいました。

しかし彼自身も書いていますが、たった二度話しただけなのです。しかも彼女の葉書が「おといきたときは何とも思わなかった」という文面から察せられるように、彼女への思いが継続してあったのでもないようです。

葉書というきっかけはあったにしろ、別れてから一年半も経て、なぜこんなにも彼女が慕わしく感じられたのでしょうか。

ローマ字日記は、啄木が死をさえ思う日々の中で、自分の心を直視し続けた、壮絶な魂の記録です。自分の弱さを「書く」ということは、自分が弱いということを「認める」ことです。それを「ローマ字日記」で啄木は試みています。

同じ時期の日記やエッセイで、啄木は、何をやってもうまくいかない自分を、「当てはまらぬ無用な鍵だ」と言っています。「どこへ持って行っても、うまく当てはまる穴がみつからない」と言うのです。「ついにどん底に落ちた」とも言っています。

彼は、人生に、運命に、拒まれていると感じたでしょう。このような、息が詰まりそうな、苦しい東京生活の中でよみがえってきたのが、智恵子の表情であり、声であり、自分を拒まなかった優しさでした。この日記に綴られた感情が持続して、『一握の砂』の二十二首に繋がっていったのです。

3 「忘れがたき人人 二」

さて、いよいよ『一握の砂』についてお話しします。

啄木は生前二冊の本を出しています。一冊は明治三十八年、十九歳のときに出版した、詩集『あこがれ』。啄木は函館を去る前日に、智恵子を訪ね、これを手渡しています。

もう一冊が、歌集『一握の砂』。これは明治四十三（一九一〇）年十二月、啄木二十四歳のときに出版されました。

そのときすでに智恵子は結婚していましたが、啄木はそれを知らずに、札幌の実家に、本と葉書を送っています。本の見返し部分にも、旧姓のままの「橘智恵子様へ　著者」と書いています。啄木は智恵子から来た本の礼状で、彼女の結婚を知るのです。

ところで『一握の砂』は、智恵子にとって特別な歌集でした。

この頃啄木から届いた葉書があります。明治四十三年十二月二十四日の夜に書いたものです。その一部を引用します。

数日前歌の集一部お送りいたせし筈に候ひしが御落手下され候や否やそのうちの或るところに収めし二十幾首、君もそれとは心付給ひつらむ

後半部分、「歌集の中にあなたを歌った歌が二十幾首あります、そのことにあなたはもう気づいていらっしゃるでしょうけれど」啄木はそう言うのです。これを読んだ智恵子はどんな気持ちがしたでしょう。

それを考える前に、智恵子を歌った歌がある『一握の砂』の中の「忘れがたき人人」という章について、少し見てみましょう。

次に引用するのは、この歌集が出版される前に、その構成と内容について、友人に知らせたものです。五つの章の名前と内容も、簡単に説明されています。数字*は歌の数。私が書き加えたものです。

＊友人宛のこの手紙には「歌数五百四十三首」と書かれているが、これを書いた一週間後に長男真一が生後二十四日で逝去、校正の段階で挽歌八首を最後に追加して五五一首とした。著者が書

き入れた数字は、校正後のものである。

『一握の砂』（略）目次は次の如し

我を愛する歌　151

煙（一及び二）（これは故郷と少年時代の回顧）　101

秋風の心よさに（一昨年の秋の紀念）　51

忘れがたき人々《ママ》（一は函館より釧路まで　111　二は智恵子を思ふ歌　22）

手套を脱ぐ時（これは右以外のうた）　115

（明治四十三年十月二十二日　吉野章三宛）

「忘れがたき人人」は北海道時代を歌ったもので、（一）は函館から釧路までの北海道漂泊を、（二）は智恵子のことを歌ったものなのです。

北海道体験が啄木にとっていかに意味のあるものであったか。彼が北海道を体験しないで、岩手からまっすぐ東京に向かっていたら、たぶん『一握の砂』は、今見るのとは全く違う形の歌集になっていたと思います。

『一握の砂』には全部で五五一首の短歌が載っています。この中で北海道でのことを歌った「忘れがたき人人」は、一一一首＋智恵子の二二首で計一三三首。実は「我を愛する歌」

も冒頭の一〇首は北海道を歌ったものと思われますから、一五〇首近くが北海道の体験をもとに歌われているということになります。

わずか一年足らずの北海道時代を回想した歌の方が、幼年期から北海道に渡るまでのほとんどを過ごした、渋民及び盛岡での日々を歌った「煙」の歌よりも、はるかに多いのです。しかもそれらの歌ができたのは、北海道を去って三年後の明治四十三年のことでした。三年経ってなお鮮明に思い出せるような体験を、北海道と北海道の人々は、彼に与えたということなのだと思います。

ところで「忘れがたき人人　一」に、啄木は北海道の風景や、そこでの思い出、めぐり合った人たちとの交流を歌っています。中には忘れてしまいたいようなできごとがあったり、二度と会いたくないような人もいたのですが、それも含めて、順に並べていくのです。それはあたかも過ぎ去った日々を忠実に再現し記録しているかのようでもあります。

本来なら、智恵子も同じように、ここに組み込まれてもよかったはずなのです。啄木が智恵子と個人的に言葉を交わしたのはたった二度です。あとは数回の文通があったのみ。その智恵子を、啄木は他の人たちとはまったく別格として、彼女一人の面影を「忘れがたき人人二」の中に封じ込めるのです。

しかも、この（二）には、美しい秘密が隠されていました。

全部で二十二首の歌。ここに啄木が潜ませた暗号が、智恵子に伝わっていたかどうか。二十二というのは、智恵子にとって意味のある数字でした。彼女は明治二十二年生まれ、そのとき数え年二十二歳でした。

偶然と見る人もいるでしょう。しかしたとえば、斎藤茂吉の『赤光』という歌集の中の有名な「死にたまふ母」。亡くなった母を歌った一連の歌は五十九首あるのですが、五十九というのは茂吉のお母さんが亡くなった年齢なのです。ですからそのような数字合わせのようなことを、啄木もした可能性は十分にあると思います。

先の智恵子への葉書に「二十幾首」と、ぼかしたような書き方をしているのも、むしろ彼女自身に、その暗号を気づいてもらいたいという思いの、表れだったようにも思われます。

ところで彼女にささげた二十二首について、啄木研究の先駆者である岩城之徳氏や今井泰子氏は、次のように指摘しています。

つまり、ここで歌われた二十二首はとても切実な思いを歌っているように見えるけれども、それは啄木が智恵子に現実的な恋愛感情を持っていたからではない。都会生活に疲れた啄木が、自分自身の心を慰めるために、架空の恋愛世界を築いていたのだ、と。

しかし忘れてならないのは、かの二十二首が、智恵子という素材を得て、初めて成立したものであるということです。岩城・今井両氏の認識も、智恵子という人格なしには成立しないのです。二氏のように、代償であり幻想であったと捉えるにしても、たとえそうだったとしても、他の人物ではない、彼女に惹かれた何かがあるはずなのです。

智恵子が啄木の中で確かな存在感を持っていくのは、彼女の中に自分を受け入れてくれるものを感じたからだと思います。二十二首の歌は、遠い日に、自分を拒まず優しかった女性を、はるかに、仄かに懐かしむ感情で満ちています。次に掲げる歌からも、智恵子の人柄を垣間見ることができます。

さりげなく言ひし言葉は
さりげなく君も聴きつらむ
それだけのこと

「さりげなく」言った言葉を、「さりげなく」聴いてくれる優しさ。智恵子はそのような優しさをもった女性でした。訪ねていった啄木を快く迎え入れ、話しかける啄木に誠意をもって応えることのできる、それが智恵子でした。

疑いも偏見もない、もしくはそれを表さない聡明さを持っていました。

世の中の明るさのみを吸ふごとき
黒き瞳の
今も目にあり

「世の中の明るさのみを吸ふごとき」これが智恵子の資質の最たるものであったでしょう。それは彼女の生い立ちの賜物でもあったと思われます。
彼女の父は橘農園を営み、母は智恵子が生まれる年まで小学校の教師をしていました。智恵子は七人兄弟の末っ子。しかもたったひとりの女の子でした。厳しい中にもこまやかな愛情を注がれて育ったのであろうと想像されます。育ちのよさが、そのまま性格になって表れたような女性だったのだと思います。

山の子の
山を思ふがごとくにも
かなしき時は君を思へり

「たのしい」ときではなく「かなしい」ときに思い出される人でした。そしてかなしいことばかりの多い東京の日々でした。彼女の面影は決して彼を拒絶せず、受け入れ、かなしみをともにしてくれるのです。

だから、

君に似し姿を街に見る時の
こころ躍りを
あはれと思へ

この感傷がとても切実なものになってくるのです。

啄木に『一握の砂』を送られた智恵子は、そこにある歌を、どのような気持ちで読んだでしょうか。

啄木は歌集『一握の砂』を編集するとき、北海道を歌った「忘れがたき人人」をあえて二つの章に分け、その一つを智恵子だけにささげたのです。彼女をいとおしむかのように、二十二という数字に意味を込めて。

女性が男性から受取るものとして、こんな素敵なプレゼントがあるでしょうか。文字どおり忘れがたい人であるという、意思表示以外の何ものでもないのではないでしょうか。歌集を編集しているとき、啄木は智恵子が結婚したことを知りませんでした。これは自分にあてたラブレター、と智恵子は考えなかったでしょうか。

智恵子の気持ちを知るヒントとなるものが、残っています。智恵子は歌集のお礼の手紙を啄木に出しました。彼女自身の手紙は残っていませんが、友人に宛てた啄木の文章を通じて、知ることができます。

「忘れがたき人々」の（二）に歌つてある人は、石狩原野の中の大きい農牧場にゐる、札幌郊外の名高い林檎園の娘さんであつたが、こんど来た年賀の手紙によると、去年の五月にその農牧場へお嫁さんに行つたさうである（略）今度初めて苗字の変つた賀状を貰つた、異様な気持であつた、「お嫁には来ましたけれど心はもとのまんまの智恵子ですから——」と書いてあつた、さうして自分のところでこさへたバタを送つてくれたと書いてある

（明治四十四年一月九日　瀬川深宛）

これから推測しますと、智恵子の手紙に書いてあったのは、次のようなことです。

まず、去年の五月に北村の農牧場主と結婚したこと。これは近況を知らせているのですから、問題ありません。次に自分が嫁いだ農場で作ったバターを送るということ。歌集へのお

礼の気持ちでしょうから、これも問題ありません。

しかし啄木がかぎかっこ付きで書いてある「お嫁には来ましたけれど心はもとのまんまの智恵子ですから」という言葉は、とても意味深です。これは啄木の気持ちを、ひそかに受取ったというメッセージではないでしょうか。それがしんに、彼女の本心を表すのかどうか、わかりません。しかし少なくとも、啄木の気持ちに応えたいという、思いは感じられるのではないでしょうか。

もう一つ。智恵子の心映えが感じられるものが残っています。ほかでもない啄木が送った『一握の砂』の裏表紙見返しには、十二月二十四日の葉書*が貼り付けてありました。これを貼り付けたのはいつの時点なのか、わかりませんが、本と葉書を見失わないように、しっかりと貼り付け、大切に保管していたのです。

*先に引用した葉書の「君もそれとは」以下、次のように続く。傍線部分は、智恵子が厚紙を貼って隠していたところである。後に、兄儀一によって明らかにされた。「此葉書の厚紙にて隠し置かれたる部分を今日コスリて見る漸く文意明かなる　昭和四年三月八日　儀一」

……君もそれとは心付給ひつらむ、塵埃の中にさすらふ者のはかなき心なぐさみ

をあはれとおぼし下され度、（以下略）

智恵子が啄木に特別の感情を持っていたかどうかはわかりません。しかし啄木の気持ちを残すかのように、彼からもらったものを残していたのです。

やはり捨てられなかったのかなぁ、と私は思います。それは妻の節子が、啄木の日記をどうしても焼くことができなかった、その思いにも通じるものではないか、と思われてならないのです。智恵子という人の、心根の優しさを見る思いです。

4　理想の女性像

さて、啄木の智恵子・智恵子の啄木――それぞれがそれぞれにとってどのような存在であったのか。

まず、啄木にとっての智恵子の位置づけです。そのことを考えるためのひとつの方法として、私は「忘れがたき人人　二」で歌われたのがなぜ智恵子なのか、ということを考えてみたいのです。

つまり、北海道で啄木が特別な感情を持った女性というと、まず小奴という女性が思い浮かびます。

小奴は、釧路の芸妓でした。啄木は釧路では新聞記者をしていましたが、取材をかねて遊びに行く料亭にいたのが、彼女でした。とても気が合って、啄木は「小奴と云ふのは、今迄見たうちで、一番活発な気持のよい女だ」と言って彼女をかわいがりました。

冬の夜の浜辺を歩きながら、「妹になれ」「なります」という会話を交わしたりもしています。しかしふたりの間に、兄妹とは異質の感情があったのは、疑い得ないことのように思われます。

小奴を啄木は次のように歌っています。

小奴《こやつこ》といひし女の
やはらかき
耳朶《みみたぼ》なども忘れがたかり

よりそひて
深夜の雪の中に立つ

女の右手《めて》のあたたかさかな
きしきしと寒さに踏めば板軋《きし》む
かへりの廊下の
不意のくちづけ

智恵子を歌ったのとは異質なものを感じます。

啄木が思い出しているのは、彼女の耳たぶの柔らかさであり、つないだ右手のあたたかさであり、廊下で交わしたくちづけの感触です。啄木は小奴を、観念・頭ではなく、肉体・感覚で記憶しています。ふたりの距離は、空間的にも心情的にも、きわめて近かったことが想像できます。

実際彼女に関しては、「忘れがたき人人」の（一）のほうに十二首採られています。十三首とも言われますが、私は十二首と捉えています。いずれにしろひとりを歌った数にしては、かなり多いと言えるのではないでしょうか。しかし北海道漂泊の流れの中で、他の人々といっしょに歌われているのです。その点で智恵子とは違います。

なぜ別格に扱われたのが、小奴ではなく智恵子であったのか、ここは重要なところだと思います。

智恵子が『一握の砂』の中で、破格の扱われ方をしているのは、小奴より智恵子の方が魅力があったから……とか、そんな理由ではないのです。苦しかった東京時代に思い出したのが、どうして、毎日のように行き来した小奴ではなくて、二度しか話したことのない智恵子であったのか。私は次のように考えています。

上京後啄木の生活はすさみにすさみました。自分の直面する問題を抱えきれずに、自暴自棄になっていたのです。そこには性的な退廃という部分も含まれます。

のっぴきならない関係になって、いやな別れ方をした女性がいました。お金で買える女の人を求めて、何度もそのような場所へ足を運んだりもしました。しかしちっとも満たされず、むしろ苦痛と後悔の念にさいなまれるだけでした。

日記には、啄木が女性を買いに行き、そこで過ごす様子なども描かれます。かなりどぎつい性的な描写もあります。そこだけを取り出すと、家族を友だちに預けて、何をやっているんだろうということになるのですが、二ヶ月分通して読みますと、彼の苦しみが伝わってきて、とても批判などできない気持ちになってきます。

家族が上京してからは、貧しさや病気や家庭の不和に悩まされました。彼は疲れきっていました。そして今の自分と自分をめぐる状況が、ほとほといやになっていました。

八方塞がりのそのような日々にあって、慰めを見出すとしたら、それは過去の人間関係の中に、だったでしょう。そしてその対象が、かなり接近した関係であった小奴ではなく、清らかなイメージのまま胸に抱き続けてきた智恵子であった、ということは、そのときの彼の心のバランスという点を考えると、とても自然だったように思います。

小奴を、感覚で肉体で記憶していると先ほど述べました。智恵子は違います。

彼女は彼の「心が」求めた女性でした。自分の心の美しい部分、汚れない部分が求めた女性像なのです。そのときの啄木は、思い出の中の智恵子の明るさ・優しさ・清らかさに、慰めと救いを求めていたのではないでしょうか。

啄木にとって智恵子は、生身の女性というよりも、女性の中の女性、とでもいうような、昇華された、一段と高められた、理想の女性像であった、という気がします。

では智恵子にとっては、啄木はどのような存在だったでしょうか。

智恵子は明治四十三年五月、石狩川を汽船でさかのぼって、北村に嫁いで来ました。さぞ感じのいいお嫁さんだったろうなと想像するのですが、そのときのお嫁入り道具の中に啄木からもらった『あこがれ』が入っていました。

牧場主の妻とはいっても、家事をして子どもの面倒を見て、というだけの生活ではなかったでしょう。独身時代に大きな病気もしていますから、ときには心身ともに辛いこともあったかもしれません。

そんなとき『一握の砂』をそっと取り出して、啄木の歌の中に生きている若い自分を懐かしみ、「忘れがたき人人　二」というすばらしいプレゼントをもらったことの意味を、考えてみたりしたかもしれません。

智恵子は、北村に行って十二年後の大正十一（一九二二）年十月一日に、六人目のお子さんを出産した後、産褥熱で三十三歳の若さで亡くなりました。

亡くなる七ヶ月前に、

やはらかに柳あをめる
北上の岸辺目に見ゆ
泣けとごとくに

（『一握の砂』）

この歌が刻まれた歌碑が、故郷の渋民に建ちます。その三年前に、初めての『啄木全集』全三巻が、新潮社から出版されています。啄木の人生や作品について、いくつかの新聞や雑誌で取り上げられたりもしました。

「石川啄木」という名前が世の中に、じわじわと浸透していくのを智恵子は感じていたはずです。そして自分が啄木の作品の中で生き続けるであろうことも予感していたのではないでしょうか。

実際彼女は、若くして逝った人であるがゆえに、美しい面影のままに、啄木とともに私たちの胸に、今も生き続けているのです。

Ⅳ　さいはての町で――小奴

1　釧路

函館から札幌へ、札幌から小樽へ、小樽から釧路へ（略）食を需《もと》めて流れ歩いた。

（「弓町より　食ふべき詩（二）」『東京毎日新聞』明治四十二年十二月二日）

北海道での日々を振り返って、啄木はこう書きました。「食を需めて」――この言葉に、当時の啄木の姿が、端的に表れているように思われます。

石川啄木という文学者について考えるときに、その人生と文学に、決定的な影響を与えたのは、彼の父が住職を罷免されたことではないか、と思います。そのときから、十九歳の青年、両親に溺愛されてのびのびと育ってきた苦労知らずの啄木が、事実上、一家の主人とな

17歳、芸妓の頃

って生活の全てを負うことになったのです。それ以後の啄木の文学と思想は、いつも「食＝生活」というものを意識させられる中で、深まっていったと言えるでしょう。

ところで、北海道を転々とした後に、たどり着いたのが、なぜ釧路であったのか。「小樽日報社」で、様々なトラブルを起こして結局辞めてしまい、社長に拾われるかたちで「釧路新聞社」に勤めることになった、という経緯があるのですが、自暴自棄とも言える小樽での行動や心理を、彼自身、はっきりとは説明できなかったのではないか、と思います。

しかし小樽から釧路へ、という流れは、それ以後の啄木の文学を考えるときに、実に興味深いものがあります。小樽で考えたことや生活の気分を引きずって、彼は釧路へ行くのです。そしてそれは北海道脱出につながっていくのです。

特に、小樽日報を退職してから釧路に行くまでの一ヶ月間は、重要だと思います。収入がなく大変みじめな日々でしたが、啄木は歴史書を読み、英語を勉強しています。また文芸雑誌を何冊も読み、文学の流れは浪漫主義から自然主義に移っていることを確認します。さらに、社会主義演説会にも出かけています。

そのころの日記に次のように書いています。

東京に行きたい、無暗に東京に行きたい。（略）噫、自分は死なぬつもり、平凡な悲劇の主人公にならぬつもりではあるが、世の中と家庭の窮状と老母の顔の皺とが、自分に死ねと云ふ。平凡な悲劇の主人公になれと責める。

（明治四十一年一月七日）

浪漫主義・天才主義を信奉していた啄木が、新しい文学観（＝自然主義）・新しい思想（＝社会主義）と出会い、大いに刺激を受けながらも、動くことができないでいる中で、ただ「東京に行きたい」という思いが、突き上げるように湧いてくる様子が述べられています。それから「平凡な悲劇の主人公」になりたくない、と書いています。つまり文学の道をあきらめて、一介の生活人として一生を終えることは、自分にとって死ぬも同然である。しかし自分が死ななければ家族を生かすことができない。どうすればいいのか……宙吊りの状態のまま、家族を残して、釧路へ向かうのです。

小樽を出たのが一月十九日です。その日は岩見沢に一泊、ここは二番目の姉、トラがいたところでした。次の日は旭川に一泊しています。これは当時旭川が、釧路行きの始発駅であったことによるのですが、啄木は駅前の「宮越屋」という旅館で、これから勤める釧路新聞の社長の白石義郎と落ち合って、翌日釧路へと発っています。

ちなみに旭川と釧路を結ぶ線が開通したのが、その前の年、明治四十年の九月ですから、できて間もない線路を、何時間も行ったわけです。旭川を朝の六時半に発って、釧路には夜の九時半に着いています。

さいはての駅に下り立ち
雪あかり
さびしき町にあゆみ入りにき

（『一握の砂』）

その先に線路はなく、釧路は当時文字どおり、さいはての地でした。啄木には、ここまできたのだ、ここから先へは行けないのだ、という思いがあったと思います。

次は、啄木が釧路に着いた次の日の日記です。

起きて見ると、夜具の襟が息で真白に氷つて居る。華氏寒暖計零下二十度。顔を洗ふ時シャボン箱に手が喰付いた。

（明治四十一年一月二十二日）

夜具の襟は息で凍って、起きて顔を洗おうと取り上げた銀メッキの石鹸箱は手にくっついた、というのです。華氏零下二十度というのは、今の摂氏にして、およそ零下二八・九度です。

まず「寒い！」という印象を書き記しています。後に小説の中にも啄木は釧路を何度か描いていますが、その寒さを、たとえば「飲み残しのお茶が入った茶碗が二つに割れて、黄色の氷が転げ出していた」とか、「洗面器に注がれた熱い湯は顔を洗い終わる頃には夏の川くらいに冷えていた」などと描写しています。

最果ての地に、もっとも寒い時期に、辿り着いたのです。

2 「妹になれ」

釧路新聞に入社したその日から、啄木は精力的に動き始めます。

釧路新聞の社長の白石義郎は、小樽日報の社長でもありました。啄木は喧嘩をして小樽日報をやめてしまいますが、社長はその才能を惜しんで、釧路に連れてくるのです。

衆議院選挙に出馬する予定でしたが、その地盤固めのために、釧路新聞を拡張して、ライバル紙（「北東新報」）に対抗するために、啄木を抜擢します。

啄木はその期待によく応え、編集全般を任されて、政治や社会面はもちろん、詩歌の投稿欄も開設し、また「紅筆《べにふで》だより」というコーナーを設け、花柳界のゴシップを軽快なタッチで描いて、大変話題になりました。部数もかなり伸びたそうです。社長からは、よくやった、と金一封や銀側の時計をもらったりしています。

啄木は様々な会合や取材のために、料亭に出入りするようになり、多くの芸妓たちと知り合います。日記には、小静・小蝶・市子・ぽん太などという芸妓の名前が毎日のように書かれています。小奴とも、そのようにして知り合いました。

小奴《こやっこ》（本名坪《つぼ》ジン）は、明治二十三（一八九〇）年十月、反物商の渡辺庄六・母ヨリの子として函館に生まれました。弥生尋常小学校――啄木が代用教員をしていた学校。前章の智恵子と出会ったところ――に入学しています。九歳のとき北海道十勝国に住む坪ツルの養女となり坪姓を名乗りますが、帯広にある料亭にあずけられ、そこで芸事を覚えます。やがて再婚した母のいる釧路におもむき、この地で芸妓になります。啄木と出会ったのは十七歳のときです。

その後、結婚や離婚、子どもの病死、経営していた旅館の焼失など、実にいろいろあったようです。昭和三十七年十一月釧路を去った後、何らかの事情で北陸に行き、また何らかの事情で東京に行って、昭和四十（一九六五）年二月、七十四歳で南多摩の老人ホームで亡くなりました。

啄木の日記に最初に「小奴」という名前が出てくるのは、明治四十一年二月二十一日です。

七時沢田君と共に、有志発起の視察隊歓迎会に望む。会場は喜望楼。（略）市ちゃんと鶤寅《しゃもとら》の小奴は仲々の大モテで、随分と面白い演劇もあつた。

啄木が釧路に来たのが一月二十一日のことですから、ちょうど一ヶ月経っています。出会った翌日は、次のように書きます。

今夜は、二十日に初号を出した実業調査会機関の〝釧路実業新報〟創刊祝で（略）六時鶤寅に行つた。（略）小奴のカツポレは見事であつた。釧路へ来てから今夜程酔うた事はなかつた。
（二月二十二日）

啄木は小奴を「活発な気持のよい女」（二月二十四日）と感じ、「少しも翳がない。花にすれば真白の花である」（三月二十二日）と描写しています。

次は、小奴が六十三歳のときの回想です。

（前略）あたまはデコチンで小男、風采はさっぱり上らずでしたが、酒の席などでもいつも静かにニコニコ笑顔でおり、ふざけたりなんかしない、酒もサカズキ五、六杯で真赤になる方でしたから、女には好かれる型でしたね。バンカラ連に酒を無理強いされて困っているところをよくあたしが代って救ってあげた。それを皆がヒヤかす。きかん気のあたしはあの人をヒザまくらにしてあげたり、一層みせつけのシバイをしました。それで〝石川とヤッちゃんはねんごろだ〟と評判になり出したわけです。

ヤッちゃんというのは私の通称で小奴のヤッコの頭をとってそう人が呼んでいたんです。ハタが騒ぐんで二人は一層接近あたしは入舟町の下宿屋の二階にいた石川さんを何回も訪ねたり近くの砂浜を散歩したりしました。夜の十二時ごろ雪道を下宿に訪ね〝石川さんいる？〟と外からよぶと〝ああ、ヤッちゃんか、お上り〟と声がしてキシむ階段を上って行くと、うす暗い、机一つしかない室に炭火に手をかざし（そのころはストーブなんかありません）ハカマをつけてキチンと座っているんです。そのキチョウメンな清潔さが好きでした。（略）

よりそひて／深夜の雪の中に立つ／女の右手のあたたかさかな

手なんか下宿へ送ってあげたとき何回もにぎったでしょうね。お酒をわたしが飲んでますから手はホテって特別温いんですよ。ソーッと後から行っていきなり背中に飛び付

きおどかしてオンブされたりしました。（後略）（「北海道新聞」昭和二十九年二月二十三日）

啄木の印象と、二人の交流の様子が伝わってきます。

啄木が釧路にいたのは七十六日間で、しかも小奴に会ったのは釧路に来てから一ヶ月後のことですから、四十数日の付き合いでした。

この間啄木が「鶤寅」へ行けば、小奴は彼のそばから離れなかったり、他の日には「長い長い手紙」を送ったりと、啄木への好意を隠しませんでした。啄木もまた「長い長い手紙の返事を長く長く」書いて送ります。「名も聴かなかつた妹に邂逅した様に思ふが、お身は決して俺に惚れては可けぬ」と書いてやりました。料亭でも噂になり、小奴は先輩の芸妓からそれとなく注意を受けたりしています。

三月二十日の日記には、夜中の十二時半頃、料亭「鶤寅」から小奴に送られて雪路の悪路を「手を取合つて」帰る途中、浜へ出て、「雪の上に引上げた小舟の縁に凭れて」雲間から照らす淡い月の光の下で、語り合ったことが記され、そのとき小奴が「身の上の話」をしたことと、その内容が、細かく綴られています。

十六で芸者になつて、間もなく或薬局生に迫られて、小供心の埒もなく末の約束をした事、それは帯広でであつた。渡辺の家に生れて坪に貰はれた事、坪の養母の貪婪な事、（略）函館で或る人の囲者となつて居た事。釧路へ帰つてくる船の中で今の鶤寅の女将と知つた事。……

のちに啄木は次のような歌を作っています。

死にたくはないかと言へば
これ見よと
咽喉《のんど》の痍《きず》を見せし女かな

（『一握の砂』）

いつも明るくふるまい、「今迄見たうちで一番活発な気持のよい女」と啄木に感じさせた小奴が、この歌から察せられるような過去を生きてきた、と知ったとき、啄木は彼女のけなげさが、いじらしくもかわいくも、思えたのではないでしょうか。普段は外に出さない彼女の悲しみやさびしさは、「死にたくはないか」と訊かずにいられなかった啄木の心情と、通うものがあったように思われます。

夜の浜辺を歩きながら、啄木は小奴に「妹になれ」と言います。小奴は「なります」と答えています。

が、「妹」というのは微妙な言葉です。男性が女性を「妹」と言うとき、そこにはどのような感情が働いているものなのでしょうか。妻子ある身だから一線を引くのだ、つまり結婚できないよ、と宣言しているようにも取れますが、それだけではないように思われます。啄木は小奴に、肉親にも近いような親しみと気安さを感じていたのではないでしょうか。

しかしふたりの間に、兄妹とは異質の感情があったのは、間違いないような気がします。前章で智恵子のお話をしたときに、小奴を歌った歌をいくつか紹介しました。啄木は小奴を、肉体で、感覚で記憶している、とも言いました。

実は、これも節子と郁雨の関係のようなものなのですが、見方が分かれるのです。まったく清らかな関係だった、と言っている人たちは、たとえば――

小奴との愛情も頬の寒き流離の旅の人としての限界にとどまり、それ以上深入りしようとはしなかった。

（岩城之徳『啄木評伝』筑摩書房　一九七六年）

啄木と小奴との仲は、人のうわさにものぼるくらいになったけれど、二人はある程度以上に接近したわけではなかった。啄木には小樽に残してきた恋妻があり、彼は彼女を裏切ることができるほど無責任でもなかった。

（杉森久英『啄木の悲しき生涯』　河出書房新社　一九六五年）

小奴自身がそう言っているから、というのが、このような見方をする人たちの根拠になっているようです。

それで思い出すのは、郁雨と節子をめぐっての見解です。ふたりの間に何もなかった、とするのは、郁雨がそう言っているというのを根拠にしていることが多いようなのです。

しかし長生きした郁雨や小奴が語ったことが、即事実そのままを伝えているかというと、私はそうとばかりも言えないのではないか、と考えます。長い時間がもたらした記憶の変容というのもあるでしょうし、何よりも郁雨も小奴も、啄木の関係者であると同時に、啄木亡き後も、一市民として世の中を生きてきた人たちです。世間的な立場もあれば、家族もいます。

そして研究者との距離、というのも、関係があるように思うのです。岩城之徳氏は、節子と郁雨についても、清らかな関係説を採っていますが、これは啄木や郁雨の書き残したものよりも、実際に会って親しく交際した郁雨のイメージを大事にした結果のように思われます。

澤地久枝氏も、たいへん面白い節子論を書いていますが、しかし私が参考にした郁雨の短歌四〇〇〇首を、参考文献にはあげながら、本文には反映させていないのです。参考文献としてあげているからには、当然全部に目を通したと思うのですが、津軽海峡の歌などについては、目をつぶって通り抜けたように思います。郁雨やその家族と親しくなりすぎてしまった結果ではないかな、と想像しています。

同じようなことが、小奴を伝えた人たちについても言えるのではないでしょうか。小奴が若い日のことを思い出して、ある意味美化して話したことを、そのまま事実として記録した……。

もっとシビアに見る人もいます。小松伸六氏などは、次のように言っています。

戦時中、啄木は社会主義の危険人物とされ、賢明な彼女は啄木について一言も語らなかった。それにはパトロンＩ氏への遠慮もあったかと思う。

（小松伸六「石川啄木と北海道」『太陽』一九七〇年十月号）

じかに啄木と目を合わせ、話を交わし、その場の空気を共有した人たちから話を聞くのは、とても意義のあることです。加えて、時間の経過やそれぞれの事情などで、完全ではなかったかもしれない「記憶」を補強するものとして、その時代に書かれた「記録」が有効ではないか、と思います。

その意味で、郁雨の場合は、啄木の日記や書簡の他に、郁雨自身の短歌が残っていました。そして小奴の場合は、当時の啄木の日記や、彼女を歌った歌が参考になると思うのです。

そうすると、前章で見た、啄木が小奴を歌った歌に戻りますが、「やわらかい耳朶」や「握り合った手のあたたかさ」や「くちづけ」という言葉が入っていました。耳朶や唇の感触を知っているというのは、やはり友人とも知人とも兄妹とも言えないのではないでしょうか。

小奴自身も先ほどの北海道新聞の思い出の中に、膝枕をしてあげたり、ふざけてオンブしてもらったり、夜遅く下宿を訪ねたり、というようなことを語っているように、無邪気と言えば無邪気と受け取れないこともないかもしれませんが、やはりかなり密着した関係だったのではないかと、想像されるわけです。

釧路では、啄木が付き合ったのは、実は小奴だけではありません。何人かの芸妓たちに交じって日記に「梅川操」という人がしばしば登場しており、小奴ではなく梅川の方が、啄木と深い関係だったと、見る人もいます。大変面白い存在なのですが、今は触れません。

言えることは、釧路で、最果ての凍えるような土地で、啄木は、小奴をはじめとする女性たちと付き合い、酒も飲み、新聞記者として一見華やかに暮らしていたということです。し

かし次の文章――これは小奴と知り合って、まだそんなに日が経っていない頃の日記ですが、

釧路へ来て茲に四十日。（略）本を手にした事は一度もない。（略）生れて初めて、酒に親しむ事だけは覚えた。（略）芸者といふ者に近づいて見たのも生れて以来此釧路が初めてだ。之を思ふと、何といふ事はなく心に淋しい影がさす。（略）噫、石川啄木は釧路人から立派な新聞記者と思はれ、旗亭に放歌して芸者共にもて囃されて、夜は三時に寝て、朝は十時に起きる。一切の仮面を剥ぎ去った人生の現実は、然し乍ら之に尽きて居るのだ。石川啄木!!!

（二月二十九日）

文中に「淋しい」という言葉が見えます。華やかな自分の現在を、啄木は「淋しい」ものに思い始めています。しかし彼はなおも遊び続け、そして三月半ばからは会社を休み始めます。次第に「僕は何日でも釧路を去るサ」という気持ちになります。

釧路を出たいと思わせた要因はいくつかあるのですが、ひと言で言えば、何もかも面白くなかった、ということなのだと思います。

全てが面白くなかった。そして何よりも、現在の自分自身が一番不満だったのだろうと思います。次第に自分のいるべき場所はここではない、するべき仕事は他にある、という苛立

ちにとらわれます。そしてその思いが増すほどに、東京へ行きたい、文学をやりたい、という思いが強まっていくのです。

釧路を去る十日前くらいからは、心身共に変調をきたしています。何を見ても何を聞いても不愉快で、涙もろくなり、夜は眠れず、頭痛や動悸、だるさなどの症状にも襲われています。日記には「虚無」という言葉も見えます。

釧路からの脱出は、つまりは現在の自分からの脱出でした。そして葛藤の果ての新しい旅が「文学を求めて」の旅であったことは、上京直後から小説に没頭した彼の姿からも明白です。『あこがれ』の浪漫主義詩人は、散文的とも言える「現実」に晒されて、自然主義作家として立とうとしていたのです。

「食を需めて」北海道を漂泊した啄木が、「文学を求めて」上京するまでの道筋の、たどりついたところ（釧路）にいたのが、小奴でした。

その膝に枕しつつも
我がこころ
思ひしはみな我のことなり

（『一握の砂』）

釧路を去ると知ったとき、小奴は心を砕き、言葉を尽くして、彼を止めようとします。「去る者はいいかもしれないけれど、残された者は」「あと一月でもいいからいてほしい」「いまあなたのために肘突を拵えているの」「この間一人で写した写真も、まだできないし」「これが一生の別れなの？」……啄木は「また必ず会おう」「どこへ行っても手紙をくれよ」と応えています。

明治四十一年四月五日、啄木は釧路を後にして、海路函館へ向かいます。やがて家族を郁雨に託して上京、ということになるのです。

釧路を出る数日前、小奴は餞別を封じた手紙に、別れのつらさを書いて送っています。「愈々お別れなのですね」と綴った小奴の文字を、啄木はどんな気持ちで見つめたことでしょうか。

3　上京後

啄木上京後も、二人はかなり濃厚な交流がありました。

東京時代の日記には、小奴の他に、本名の坪仁子という名前や坪仁・ツボ・奴などでも出てきます。また明治四十一年・四十二年・四十四年の住所録にも、それぞれ違う住所で載せられていますから、この頃まで連絡を取り合っていたのだということがわかります。

文通のみならず、小奴は啄木の東京の下宿を数回訪ねてもいます。

商用で大阪へ行く逸見豊之輔（この人物に「囲われ」ていたようです）に連れられ「新婚旅行」と称して上京した小奴が、啄木の下宿を訪ね、また啄木も小奴の宿を訪ねたり、酒を飲みに行ったり、東京の町を恋人のように仲良く歩いたりしています。

明治四十一（一九〇八）年十二月一日、小奴が本郷にある啄木の下宿——金田一と一緒に住んでいたところ——に訪ねて来ます。逸見氏が何か別の用をたしている時を見計らって、なのでしょうか。

八ヶ月ぶりの再会でした。突然のことで啄木は驚きますが、本郷通りや不忍池のあたりを手をつなぎながら、散歩したり、そば屋に入って、そこでお酒も飲んだりして三時間ばかり過ごします。そのときの日記を見てみましょう。


上野から電車、宿屋まで送つてまた電車で帰つた。羽織の紐の環を一つ残した程酔つた。別れる時キッスした。

（十二月一日）

次はその五日後の日記。

二時頃、女中が来て〝先夜の方が〟といふ。小奴だ。（略）夕方まで話す。（略）小奴と二人、日本橋の宿へ電車で行つて、すぐまた出た。須田町から本郷三丁目まで、手をとつて歩いた。小奴は小声に唄をうたひ乍ら予にもたれて歩く。大都の巷を――。車で鈴本へ行つて、九時共に帰宿、金田一君を呼んで、三人でビールを抜き、ソバを喰つた。十二時に帰した。通りまで送つた。（十二月六日）

かなり長い時間を共に過ごしています。ここに書いていないようなこともあったのではないか、あったに違いない、と見る研究者もいます。

その後も彼女は釧路の新聞を送ってきたり、啄木が東京朝日新聞社に入社が決まったときには、電報為替を送って、感謝されています。

ローマ字日記にも「小奴」という文字が見えます。

それは啄木が退廃的な生活の中でもがいていた時期のこと。女性を買いに行っては、自己嫌悪に陥って帰ってくるのですが、その夜の巷の女性たちの中に十六、七歳くらいの、花子という女の人がいて、啄木は彼女と寝ているときだけ、心が安らいで、慰められるような気がするのです。

それで何度か訪ねていって花子と過ごすのですが、一緒にいるとどうして安らぐのか。それは彼女が小奴に似ているから、でした。

花子に初めて会ったとき、啄木は「小奴だ！　小奴を二つ三つ若くした顔だ」と心の中で叫びます。そしてじっと花子を見つめるのです。そうすると花子は「そんなに見つめないで」と言って、「どうしてそんなに見つめるの」と聞きます。啄木は「自分の妹に似ているんだ」と答えています。

こう見てきますと、啄木にとっての小奴と智恵子のありかたの違いが、見えてくるのではないでしょうか。啄木は小奴を、生身の女性として記憶しています。夢やあこがれなどではなく、等身大の女性として、可愛がったと言えると思います。

小奴は間違いなく啄木の「忘れがたき人人」の中のひとりでしたし、彼女にとっても啄木は、忘れがたい青春の人であったでしょう。

啄木を歌った小奴の歌――

六十路《むそじ》過ぎ十九の春をしみじみと君が歌集に残る思出
ながらへて亡き啄木を語るとき我の若さも共になつかし

小奴死去を報じた「北海道新聞」（昭和四十年二月十九日）の記事を掲げます。

ひっそり死んでいった『小奴』　啄木の愛人

【東京】近江ジンさんが老衰でなくなった。十七日の朝五時過ぎだった。／しらじらと氷輝く釧路の海に、不遇の詩才をなげいていた石川啄木の心に情熱の火をともした小奴、それが若い日のジンさん。上京した啄木を本郷の蓋平館に訪れ、啄木の友人で同宿の金田一京助氏（国学院大教授）に〝花のようなあで姿〟といわれた小奴も、寄る年波に、厳寒の北海道を離れ、親類を頼り京都に向かったのが三十七年十一月。途中、富山で高血圧のため倒れ、昨年四月から、養女、百合子さんの住む東京・足立区興野町に引きとられていた。／啄木を敬愛し、小奴に会うのを楽しみにしていた金田一博士も、おりから長期旅行中。啄木の恋人は、啄木忌を六十余日後に控えてひっそり死んでいった。七十四歳だった。

Ⅴ 「涙」から「涎」へ――母カツ

1 盲愛

啄木の母カツは、南部藩士の末娘として生まれました。幼いときに父を亡くして、一番上の兄のもとで成長しますが、やがて仏門に入った二番目の兄・葛原対月《かつらはらたいげつ》（工藤直季）の寺で、家事手伝いをしているときに、そこで修行中の三歳年下の一禎と結ばれました。小柄で、色白で、歳を取っても美人の面影のある人だったそうです。

啄木は四人きょうだいの、ただ一人の男の子で、小さい頃から親の愛情を一身に受け、甘やかされて育ちました。いくつか証言を見てみましょう。

弟は生れ落るとから身体が弱くて、蒼白な顔をしてヒーヒー鳴いてばかりゐたものです。母などは弟ばかり可愛がつて、少し大きくなつてから真夜中に何か喰べたいといつて泣き出すと、わざ〳〵面倒してお茶餅などこさへたのですが、漸くこさへてやると一つも喰べずに愚図つて泣くといつた按配で、弟のためには母がどんなに難儀したか知れません。

（次姉トラ／吉田孤羊『啄木を繞る人々』日本図書センター　一九八四年）

私がいつも、女で年下なのだからと母に叱られる。いかにも損な話であった。あるときなどは、兄が例の大きないろりの火を火箸でとばし、私はやけどをして泣きだしたが、母はそれさえも、「そんな小さな火がとんだってあついはずがない」と私を叱った。

（妹ミツ／三浦光子『兄啄木の思い出』理論社　一九六四年）

母は（略）兄が小さいときあまり弱いので、なんとかじょうぶに育つようにと、卵と鶏を絶ったとかで、それらを絶対に口にしなかったことを覚えている。（略）しかし、こんなふうに母の愛をほしいままにしていたばかりでなく、父は父で、道具ひとつ作るにも、これは一のものだといって、自ら筆をとって「石川一所有」と書き入れたものである。

（同）

これらのエピソードに、何と我が儘に育ったのだろう、と眉をひそめる人もいるかもしれません。しかし両親の絶対的とも言える愛情に守られて、平和で幸せな幼少期を過ごしたことが、その後の啄木の生き方にとって、とても意味のあることだったのではないか、と私は考えています。

啄木は何度も挫折しながら、そのたびに必ず立ち上がりました。その力の源は何だったのか、ということを考えるとき、才能・若さ・文学への情熱……それらに加えて、大事な要素として、彼の親からの愛され方、特に母カツの存在に注目したいのです。

彼女は世間一般から見たならば「母は、女性特有のおぼれるような愛し方であった。（略）母の盲愛ぶりは目にあまるものがあった」（遊座昭吾『啄木と渋民』八重岳書房　一九七一年）ということになるのでしょうが、このような接し方が「あまりに盲目的な愛が、兄をあのようなわがままな人間にしてしまったのだともいえる」（三浦光子『兄啄木の思い出』）という結論を引き出せる一方で、彼に生き生きと生きる力を与えた、つまり啄木をして啄木たらしめたのも、母のこの溺愛とも言える愛し方であった、という言い方もできると思うのです。

精神分析学者のE・H・エリクソンは、乳児期に「子どもの中に信頼感を創造してゆく」ことがとても大切であると言っています。

つまりお腹がすいたりおしめが濡れたり、何か不快なことがあって泣いたときに、すぐに誰かがやってきて、その不快を取り除いてくれる。いつもそうしてくれる。そうすれば、その子はこの世界は信頼できると感じるでしょう。しかし自分が泣いても、だれも駆けつけてくれず、不快な状態のままに放っておかれたら、誰も自分を助けてくれないんだな、この世界は信頼できないんだな、と思ってしまうでしょう。

エリクソンは、人格の中核は幼少期に形づくられるのであり、その時期に掛け値なしの愛情を与えられた者は、生涯を通じて人を信じ、ひいては自分の価値を信じ、人生を意義あるものにしようとする姿勢を獲得できる、というのです。どのような親を持つか、ということがその人の生涯に、強い光と影を投げかける、ということです。

また、心理学者の福島章は「天才の生涯の想像力を生み出す原動力は、母親のたぐい稀な愛情、またはその欠如である」(『天才　創造のパトグラフィー』講談社現代新書　一九八四年)と述べています。そして前者(つまり母親の愛情をたっぷりと受けた者)の典型として、精神分析学の創始者フロイトを、それから後者(母親の愛情が薄かった者)の典型として、芥川龍之介・太宰治・川端康成を挙げています。この型に当てはめるとしたら、啄木は間違いなく前者——愛情たっぷりの方に入るでしょう。

度々の挫折をものともせずに、さらに前に向かっていこうとする、啄木の打たれ強さは、先ほどのエリクソンの見解に従えば、親に十分愛されているという実感が自身への信頼となり、生きる力となった、と言えるのではないでしょうか。

母のカツはとかく自己中心的で旧弊な人間、啄木が幼い時には存分に甘やかし、大人になってからは彼の詩人としての飛躍を阻んだ人物、として描かれます。そしてそのような側面も確かに認めざるを得ないのですが、今述べたような、彼女の存在のプラスの面も、確認しておきたいと思います。

2 「不幸の源」

啄木が単身北海道を後にしたのは、明治四十一年四月末のことでした。北海道最後の日記に彼は「創作的生活（略）これ以外に自分の前途何事も無い！」と記しています。

母と妻子を函館の友人宮崎郁雨に託して上京後、一ヶ月程で啄木は立て続けに六つの小説を書きます。未完のものもあわせると、三〇〇枚に近い量です。あるときには朝八時から夜の十二時まで書いていたこともありました。

旺盛な創作意欲は、北海道を去るにあたっての「創作的生活しかない」という決心が、いかに真剣なものであったかを示すでしょう。しかし作品はほとんど評価されませんでした。

つまり、家族も自分も生かすために、小説で収入を得よう、と上京してきた、その目的を果たすことはできなかったのです。

その頃書いた小説の中に「母」という題のものがありました。「〝母〟三十一枚、午前十一時から午后十時半まで書いて脱稿した」(明治四十一年五月三十日)と日記にあり、森鷗外や宮崎郁雨に宛てた書簡にも、「母」と題する短篇小説を書いたことが記されています。

「母」はどのような小説であったのか、気になるところですが、残念ながら、現在この作品を読むことはできません。知人の生田長江(評論家・翻訳家。ニーチェ全集の翻訳など)に雑誌への掲載を頼んで送ったまま、行方知れずになっているのです。

ですが、おおよその内容を推測することはできます。この一週間前(五月二十三日)の日記に、小説の「材料を得た」とし、「〝老母〟(我が母、汽車で岩見沢へゆく時の、)」と記してあるからです。

小説「母」は架空の物語ではなく、母カツをモデルとしたものであったようです。いっきに書き上げた日の二日前の日記には「〝母〟の稿を起さんとして、四行かいて裂いて了ふ」(五月二十八日)とありますので、筆が進むような内容ではなかったことも想像されます。

具体的には、啄木が北海道を去ると知ったカツが、その後のことを相談するために、娘(次女のトラ、啄木の姉)のいる岩見沢を訪ねたときのことを描いたものであったと思われます。友人宛の手紙に「汽車が途中或停車場に着」き、「同車の人が皆弁当を買つて食つ」ているのに、母には「乗車券一枚の外、懐中一厘一毛もなかつた」（明治四十一年四月十七日　岩崎正・吉野章三宛）というエピソードを綴っています。

老人の慣れない汽車の旅で、懐には一枚の切符のみ。食事時になっても、弁当を買うどころか、帰りの切符を買うお金もないのです。弁当を食べている人たちを横目に見ながら、ひもじく心細く情けない思いをしている母の姿を書いたのでしょう。

啄木はその数ヶ月前、小樽から釧路へ行く途中に、岩見沢の姉のところに寄り、一泊していますから、距離感や風景、車中の様子など、細かな描写をしたであろうと想像されます。

また郁雨宛の手紙に、「君のお手紙を、余程書き直して此中に無断借用」（同年六月八日）と書いていますので、郁雨が知らせてよこした、函館の——おそらく東京に呼んでもらうのを一日千秋の思いで待つ——母の様子も、描かれているのでしょう。

汽車の中の母も、息子のたよりを待つ母も、いずれも哀れな老女の姿です。同時に母をそのような状態にしているふがいない自分の現在と、その心境を書いたと思われます。

切実でリアルな感情であったことはたしかですが、当時主流であった「自然主義小説」を目指していた啄木にとって、哀れな母の姿と、母を哀れな状態にしている筆者の心境とは、格好の「素材」であったということもできるかもしれません。

小説は失われましたが、短歌や日記・書簡から、母への思いを読み取ることができます。先の小説を書いた翌月の、六月二十三日の夜から数日間、啄木は突如憑かれたように歌を作り続けます。

六月二十四日の日記には、次のように書いています。

　昨夜枕についてから歌を作り初《ママ》めたが、興が刻一刻に熾んになつて来て、遂々徹夜。夜があけて（略）興はまだつづいて、午前十一時頃まで作つたもの、昨夜百二十首の余。

翌二十五日には

　頭がすつかり歌になつてゐる。何を見ても何を聞いても皆歌だ。この日夜の二時までに百四十一首作つた。父母のことを歌ふ歌約四十首、泣きながら。

この二十五日に「泣きながら」父母のことを歌った、約四十首のうち『一握の砂』に残されたのは、次の三首です。

燈影なき室に我あり
父と母
壁のなかより杖つきて出づ

たはむれに母を背負ひて
そのあまり軽きに泣きて
三歩あゆまず

ふるさとの父の咳する度に斯く
咳の出づるや
病めばはかなし

日を限定しないで、ノート全体に及んでも、また新聞・雑誌等に掲載された分を含めても、父や母及び彼らとの関係を歌った歌で、『一握の砂』に載っているのは、わずかに十一首です。

その中のいくつかを挙げておきましょう。日常の中の啄木と母の姿が垣間見られます。

目さまして猶起き出でぬ児の癖は
かなしき癖ぞ
母よ咎むな

呆れたる母の言葉に
気がつけば
茶碗を箸もて敲きてありき

このごろは
母も時時ふるさとのことを言ひ出づ
秋に入れるなり

父のごと秋はいかめし
母のごと秋はなつかし
家持たぬ児に

わがあとを追ひ来て
知れる人もなき
辺土に住みし母と妻かな

窪川鶴次郎は、啄木の未発表歌に「とびぬけて母や父を歌ったものが多い」と、指摘しています。これは言い方を変えれば、いったんは母や父を歌った作品を、後で捨てた、ということでしょう。捨てられた歌の中のいくつかを、挙げておきます。

父母のあまり過ぎたる愛育にかく風狂の児となりしかな
母われをうたず罪なき妹をうちて懲せし日もありしかな
われ人にとはれし時にふと母の齢を忘れて涙ぐみにき
我が母は今日も我より送るべき為替を待ちて門に立つらむ
あたたかき飯を子に盛り古飯に湯をかけ給ふ母の白髪
父母は老いていませりあはれ蚊よ皆来て我の痩脛を螫《さ》せ

（明治四十一年歌稿ノート「暇ナ時」）

どの歌からも、自分を愛情深く育ててくれて、今は老いてしまった父母への、哀切な思いが窺われます。子どもに期待し、頼り、無防備に老いた姿をさらす彼らの姿が、具体的に描かれています。これらの歌を、啄木は処女歌集『一握の砂』には入れませんでした。ところで、父母のことを「泣きながら」歌った、と書いていました。先の、失われた小説「母」も、老いた母のみじめな姿を通して、泣きたくなるような自分の現在を描いているであろうことが、想像されました。「泣きながら」というのは、決して大仰な物言いではなく、そのとき彼は本当に涙を流し、あるいは嗚咽さえしていたであろうと思われます。

友人宛の書簡からも、自殺への願望が、家族への複雑な思いの延長線上で語られ、啄木が非常に切迫した精神状況にあることがわかります。次の手紙は函館の同人仲間の岩崎正に宛てたものです。

夕方から二三時間大学の前の夜店の前を、ゆきつかへりつ唯一人うろついた。（略）その二三時間のうちに千人近くの人を見送り、千人近くの人に逢つた。最後に、薬瓶をさげた、腰の曲つた白髪のお婆さんを見て、目をつぶつて帰つて来た。（略）老いたる母！　といふ感じが胸にひらめくと、僕は早速宿へ帰つてきた。（略）時として、死ぬ事を考へる。平気で、何の恐怖なく考へる。日記にも書いてあるよ。一週間前に、恰度一週間前に、僕は辞世の歌、自殺の方法まで考へた。然し矢張死ななかつた。（略）親！　子！　ああ、俺一人なら死ぬに苦はないが！　と考へる。然し、実際は俺一人でないからこそ死にたくもなるのかも知れぬ。（略）僕は時として（略）親も妻も子も、知つた奴が皆死んで了へばよいと言ふやうな気がする。

（明治四十一年七月七日）

次も同じ同人仲間の吉野章三宛の手紙です。

あるのは生命に倦んだ心と悲哀と死にたいといふ希望だけだ。どうも死にたくて困る。すべてがつまらぬ。歌なんぞは煙草と同じ効能しかない。（略）死にたいと思ふ考が、執念《しふね》く起る。（略）母の顔が目に浮ぶと、たゞもう涙が流れる実際涙が流れるよ。

（同年七月十八日）

当時彼は頻繁に死を思い、日記に辞世の歌（大木の枝ことごとくきりすてし後の姿のさびしきかなや）を書いています。実際七月末には発作的に走ってきた電車に飛び込もうとしています。でもその瞬間、新聞記者をしたことのある彼は自分の轢死の記事を思い浮かべて、はっと我に返るのです。

明治四十一年の啄木は、母に代表される「家」「生活」というものの重圧に押しつぶされそうになっていた。その状態は、「死」を思うほどであった、ということができると思います。

ところで、上京に際して啄木は、妻と子のみを郁雨に頼み、母は岩見沢の姉トラのもとに行ってもらうつもりでした。次姉トラの夫は、当時岩見沢駅長で、生活力もあり、寛容な人物でした。

しかし、母は頑としてそれを聞かず、嫁の節子と暮らそうとします。節子と一緒にいなければ、東京へ呼んでもらうときに、自分は取り残されてしまうから、という理由でした。

このとき夫（啄木の父）の一禎は、青森県野辺地の葛原対月（師僧であり、カツの兄）の寺に身を寄せていました。一禎は教養もあり、住職としてはそれなりの仕事もした人物でしたが、宝徳寺を追われた後は、糸の切れた凧のように、あてどない感じになってしまい、しばしば家出（葛原対月や次女トラのところへ）を繰り返しています。

カツが息子に執着したのは、生活力のない夫への幻滅からだったのか、親は長男に面倒を見てもらうべき、というその時代の考え方に従っただけなのか、それともただただ息子がかわいくて、離れたくなかったのか。いずれにしろ、嫁と一緒にいなければ、息子の許へ行けないという一心であったと思われます。啄木にとって母は、愛しくもあり、また面倒な存在でもありました。

函館で嫁と暮らしていた頃のカツの肉声（と言ってもいいと思うのですが）、本音が感じられる言葉が残っています。彼女は拙い文字で東京の息子に何度か手紙を書いていますが、ある日の手紙の文面を、啄木はそっくりそのまま、日記（明治四十二年四月十三日）に書き写しています。

老いたる母から悲しき手紙がきた。――

「このあいだみやざきさまにおくられしおてがみでは、なんともよろこびおり、こんにちかこんにちかとまちおり、はやしがつになりました。いままでおよばないもり〈子守〉やまかない〈食事の世話〉いたしおり、ひにまし〈日ごとに〉きょうこおがり〈成長し〉、わたくしのちからでかでる〈子守をする〉ことおよびかねます。そちらへよぶことはできませんか？　ぜひおんしらせくなされたくねがいます。このあいだ六か七かのかぜあめつよく、うちにあめもり、おるところなく、かなしみに、きょうこおぼい〈背負い〉たちくらし、なんのあわれなこと（と）おもいます。しがつ二かよりきょうこかぜをひき、いまだなおらず、（せつこは）あさ八じで、五じか六（じ）かまでかえらず。おっかさんとなかれ、なんともこまります。それにいまはこづかいなし。いちえんでもよろしくそろ。なんとかはやくおくりくなされたくねがいます。おまえのつごうはなんにちごろよびくださるか？　ぜひしらせてくれよ。へんじなきと（き）はこちらしまい〈引き払って〉、みなまいりますからそのしたくなされませ。はこだてにおられませんから、これだけもうしあげまいらせそろ。かしこ。

しがつ九か。　　かつより。

いしかわさま。」

（原文ローマ字。（　）内の文字は啄木が、〈　〉内の方言の意味は著者が補ったもの）

この一ヶ月ほど前に、啄木は郁雨に宛てた手紙に「三月末までに何とかして金を送つて家族を呼びたいと思つてる」と書いています。母はこの文言を郁雨から（あるいは郁雨から手紙を見せてもらった節子をとおして）聞いて、「よろこび」「こんにちかこんにちか」と待ちわびていたのです。しかし四月になっても何の音沙汰もない。

節子は前年の秋より、宝小学校の代用教員として勤めに出ていました。朝八時には家を出て夕方まで帰らない節子に代わって、カツは孫の京子のお守りや、日々の家事を一手に負っていましたが、老いた身には、この生活は楽ではなかったようです。

カツは息子に、節子の帰りが遅いこと、日ごとに成長し、自我を持っていく京子の子守が大変なことを嘆いています。

この手紙から啄木は――小さな借家で日中は幼い孫と二人きり。雨漏りをよけながら、孫をおんぶしておろおろ歩く母、風邪をひいた孫に「おっかさん」と泣かれ困惑している母、自由になる金を持たずみじめな思いをしている母の姿を――思い浮かべたでしょう。

それにしても「ヨボヨボした平仮名の、仮名違いだらけな」（同日日記）切ないだけの母の手紙を、なぜ彼は書き写したのか。よく言われるように、いずれは小説に取り入れようと、そのためのメモとして綴ったのだという見方が妥当かもしれません。以前から小説の材料となり得るようなエピソードを日記に書きつけておくこともあったので、母の声音が聞こえてきそうなこの手紙を、作品化しようという意図をもって書き残していた、と考えることはできます。

しかし「意図」もさることながら、文字を写していたときの啄木の心の状態に、注目すべきでしょう。つまり母の拙い筆跡と文面から目を離さず、一文字一文字引き写し（正確にはローマ字に直していたのですが、ローマ字であったがゆえに、スムーズに写し進めることができたのかもしれません）ながら、彼は母の口調を思い出し、息づかいさえ感じたはずです。貧しくみじめに暮らす母の心情を辿ることは、彼にとって苦痛であったに違いありません。彼は母の言葉を写すことによって、自分を苛んでいたのです。

日記のこの部分は、母の手紙を記録したと同時に、母にこのような手紙を書かせる自分を責め苛んでいる、啄木自身の心の記録でもあったと言えるのではないでしょうか。今の自分の境遇を表すのに、母のこの哀れな手紙ほどふさわしいものはなかったでしょう。

この五日後の四月十八日の日記には、会社へ行く途中の電車の中で幼い女の子を見て京子を思い出し、「節子は朝に出て夕方に帰る。その一日、狭苦しい家の中はおっかさんと京子だけ！ ああ、おばあさんと孫！ 予はその一日を思うと、眼がおのずからかすむを覚えた」と綴っています。

やがて六月に節子・京子・カツが上京し、家族四人の生活が始まりますが、以後、啄木の心をざわめかすできごとが次から次へと襲ってきます。十月には妻節子が家出、二十四日後に帰京。十二月には父一禎が上京して、一家は五人となります。

翌四十三年には大逆事件（六月）、長男真一の誕生と死（十月）、『一握の砂』刊行（十二月）。四十四年には大逆事件の判決・および執行（一月）、土岐哀果と雑誌『樹木と果実』出版を計画・断念（一月〜四月）、慢性腹膜炎で入院（二月）、妻の実家堀合家と義絶（六月）、妻節子肺尖加答児《カタル》と診断（七月）、友人・義弟の宮崎郁雨と絶交（九月）、父の家出（九月）等々、晩年の日記や書簡に残る石川一家の窮状は、絶望的というしかありません。そしてついに母吐血

（四十五年一月）、死去（同年三月）と続きます。

東京でのカツと節子の関係性は、節子の家出という事実をもってして、想像できるでしょう。上京して半年後、節子は幼い京子を連れて家を出、盛岡の実家に行きます。

このことについて啄木は「妻の家出の第一の原因は、私の老母との間柄に存する」（明治四十二年十月十日　新渡戸仙岳宛）と書き、ふたりの関係を「時代の相違」（同）という言葉で捉えています。しかしふたりの不和は、世代の違いや、いわゆる嫁姑問題という面からだけでは語れないものを含んでいると思います。節子の章で指摘したように、ふたりの間には、「石川一」を愛したカツと「石川啄木」を愛した節子という、啄木に対する認識の違いがありました。さらに北海道に取り残されて、息子（または夫）という緩衝材を失って、次第に互いへの反感を加速させていったのではないでしょうか。

妻の家出という、信じがたいできごとに啄木は、打ちのめされ、飲めない酒を飲み荒れ狂い、母を責めます。

「おっかさんに孝行をしてください」と書いた節子の書き置きは、あなたは妻の私より、自分の母を優先している。私がいない方が存分に親孝行できるでしょう、とカツとの不和が原因であることをほのめかしつつ、暗に啄木の態度を非難しているのですが、心弱くなっている啄木は、目の前にいる母に辛くあたってしまうのです。

母を虐めることは裏返せば自分を虐めることに通じていることは明白です。母が誰よりも自分を愛し、頼り、縋っていることは、啄木もよくわかっていたでしょう。しかし小さく弱い母を苛めずにいられないのです。感情が荒れれば荒れるほど、母へのいわれない怒りをもてあまし、同時に「済まない」という思いは、ますます強くなっていったと思われます。

荒れる息子を前に、母は困惑し、うろたえ、嘆きます。息子一人が頼りの老いた身に、辛い一ヶ月であったことと思います。

やがて戻ってきた節子が、妹のふき子に書き送った手紙が残っています。

私が居ないあとでおつ母さんをいぢめたさうです。そして家事はすべて私がする事になりました。六十三にもなる年よりが何もかもガシヤマス〈かきまわす〉からおもしろくないと云ふておこつたさうです。おつ母さんはもう閉口してよわりきつて居ますから、何も小言なんか云ひません。（明治四十二年十一月二日）

節子の家出を機に、嫁姑の立場が逆転したことが見て取れます。

節子が戻って数日後の様子を、金田一京助が回想しています。訪ねたとき啄木は留守で、金田一はカツに引き留められて中に入るのですが、カツは節子を前に「この人の為に、本当にひどい目にあった」と、節子が家出中息子に辛くあたられたことを切々と訴えます。
東京でカツは、知る人もなく、おそらく言葉が通じないこともあったでしょう。おまけに嫁の家出で、ただひとりの味方だと思っていた息子にも、家庭をかきまわさないでくれと叱られる……どんなに辛くみじめな思いで暮らしているか、昔からの知り合いでお国言葉の通じる金田一に、わかってもらいたかったのではないでしょうか。
カツが口説いている間、そばに坐っている節子は「眉毛一本動かさず、大理石の像のやう」に「無表情」（金田一京助『石川啄木』文教閣　一九三四年）であった、ということです。「成程これでは中に立つ石川君は辛い」と、金田一は心から啄木に同情しています。

解けがたき
不和のあひだに身を処して、
ひとりかなしく今日も怒れり。

猫を飼はば、
その猫がまた争ひの種となるらむ、
かなしきわが家。

（『悲しき玩具』）

「感情の融和のちつとも無い」（明治四十二年七月九日　宮崎大四郎宛書簡）、母と妻の「円滑を欠いてゐる」（明治四十五年一月二十二日　佐藤真一宛書簡）家庭で、さらに啄木を悩ませたのは、一家を襲った「結核」という病でした。

啄木は、四十四年二月には「慢性腹膜炎」で入院・手術、三月半ばに退院して以後も体調が振るわず、連日の微熱に悩まされています。やがて熱は三十八度を超えることが多くなり、日記にも「発熱三十八度五分」「発熱四十度三分」など毎日のように体温の記述が続きます。同じ年の七月には妻節子が肺尖加答児と診断され、伝染性の危険があると言われて、節子のせいで家族中が病気になった、と啄木は節子を責めますが、後に感染源は母であったということを知ります。

明治四十五年、一月半ば過ぎに、カツは一週間ほど続けて喀血し、往診に来た医者に「肺結核」であるとの診断を受けます。そこで啄木は、自分は母から受け継いだ結核性の体質であり、妻の結核性肺尖加答児も母からうつったのであろう、と気づくのです*。

当時「肺結核」は不治の病でしたが、カツは自分の病名を知っても驚きもせず、十代の頃に肺病を患ったということや、親類にもこの病気で死んだ者が少なくなかった、ということを、息子に話して聞かせています。感染は、母カツからサダ（啄木の長姉）・啄木へ。そして節子へ。さらに子の房江や、節子を看病した（節子の）母トキ・妹孝子へと広がっていったのでしょう。

＊啄木や節子や母のカツは肺結核で亡くなった、とずっと言われてきたが、啄木は「肺結核」で亡くなったのではなく、「結核症」もしくは「結核症による衰弱死」だったという説が、近藤典彦とその教え子の柳澤有一郎によって提示されている。いずれにしても結核と大いに関係があったとは言えるであろう。今井泰子は『石川啄木論』で、「肺結核の感染はおそらくは幼児期」という岡井隆の診断を紹介している。

母の病気の事が分ると共に、去年からの私一家の不幸の源も分つたやうに思はれます。

（明治四十五年一月二十四日　佐藤真一宛）

私には母をなるべく長く生かしたいといふ希望と、長く生きられては困るといふ心とが、同時に働いてゐる……

（同年一月二十三日　日記）

母の生存は悲しくも私と私の家族とのために何よりの不幸だ！

（同年二月五日　日記）

母の存在を、このように書かねばならない……啄木を取り巻く状況がいかに苛烈で痛切なものであったか。痛ましいとしか言いようがありません。

『悲しき玩具』の中の、母を歌った歌より。

もうお前の心底《しんてい》をよく見届けたと、
夢に母来て
泣いてゆきしかな。

薬のむことを忘れて、
ひさしぶりに、
母に叱られしをうれしと思へる。

茶まで断ちて、
わが平復を祈りたまふ
母の今日また何か怒れる。

3　母の肖像

ところで『一握の砂』を編集する際に、捨てられはしなかったものの、興味深く変形した歌もあります。この短歌の推敲過程に、啄木の、母に対する認識の変化の一端を窺うことができると思います。

Ⅰ　一塊《ひとくれ》の土に涙し練りてわが肖像つくりきかなしくもあるか
（歌稿ノート「暇ナ時」　明治四十一年七月二十三日作歌）

Ⅱ　一塊の土に涙し泣く母の肖像《にがほ》つくりぬかなしくもあるか
（同じ歌稿ノート及び『明星』　同年八月号）

※一塊の土に涎し泣く母の肖像つくりぬ悲しくもあるか

Ⅲ　ひと塊《くれ》の土に涎《よだれ》し
泣く母の肖像《にがほ》つくりぬ
（『創作』　明治四十三年七月号）

かなしくもあるか

（『一握の砂』　同年十二月）

Ⅰはもっとも古い形のものです。肖像を実際に作ったというよりも、涙で形づくられるような私の人生、とでもいうような意味でしょうか。「練りてわが」の部分が説明的なまだるっこしい表現なのでⅡのように変えたのかもしれません。

が、ここで「わが肖像」が「母の肖像」に変化していることに注目したいと思います。つまり自分と母を同一視しているということです。自らの感情を母の感情と置き換えても違和感のないような関係にあった、ということです。

Ⅲは、※のかたちで『創作』に発表の後、『一握の砂』に載ったものです。ⅡからⅢへの変化を見てみましょう。「母」に付く修飾辞は、どちらも「泣く」という言葉です。老いた母を泣かせているのは、ほかでもない彼自身でしょう。その母を、前者は「涙」で、後者は「涎」で象《かたど》ったというのです。

「涙」の語を用いると、泣く母もそれを歌う自分も、随分美化されて、感傷的な世界が構築されます。また涙を流す＝「泣く」という、母と同じ行為をすることで、母との感情の共有ないしは同化が見られます。

ところで、感情の高まりに伴って、自然に流れ出るのが「涙」であるとしたなら、「涎」

はむしろ排泄をイメージさせないでしょうか。赤ん坊の涎ならいざ知らず、大人の涎は、病的で退廃的な印象すら与えます。

さらに涎は、口から垂れ流れる唾液のことですが、この唾液＝唾《つば》からの連想は、「唾棄する」という言葉を思い出させないでしょうか。それほど強い意味合いではないにしても、母は唾棄したいもの、捨ててしまいたいもの、というふうなニュアンスが伝わってくるのです。「涙」から「涎」への変質は、啄木の外界（周りの世界）への認識が、センチメンタルなものからリアルなものに変わっていったことを示すでしょう。「涙」から「涎」へ、は「感傷」から「現実」へ、と言い換えてもいいかもしれません。いつまでも夢見る啄木ではいられなかったのです。

このように大人になっていった啄木でしたが、しかし母のカツにとっては、彼は、いくつになっても可愛い可愛い息子でした。彼女は文学者「石川啄木」の母であるよりも、愛しい息子「石川一」の母でいたかったでしょう。そして、息子が厳しい現実の中で苛立ち、自分を虐めることがあっても、彼女の息子を愛する気持ちに、一点の揺るぎもなかったと思います。

彼女のことを自分勝手なあさましい人間のように言う人がいます。しかし彼女を動かしたものは、徹頭徹尾「母性」であった、と思うのです。闇雲に息子を愛し、一緒にいたいと願った。そのことが息子の重荷になろうが、嫁に負担をかけようが、ともかく自分の母性を息子に注ぎ続けた……そこにカツという女性の愚かさを見る人もいるでしょうし、母親の原型のようなものを見る人もいるかもしれません。

彼女の母性が、啄木に自分を信じる力を与え、その生き方に大きな影響を与えたことは、カツの名誉のためだけではなく、石川啄木という人間を捉える上でも、見誤ってはならないことではないかと、思います。

カツは、病人ばかりの家で、曲がった腰を伸ばし伸ばしよく働いて、気がついたときには、一日に何度も喀血するという状態になっていたそうです。

そして春まだ浅い三月七日の夜明け方のことでしたが、家族を起こすこともなく、床の中でひっそりと冷たくなっていました。啄木が亡くなる一ヶ月前のことです。

ひたすら息子だけを見つめ続けた、六十五年の生涯でした。

節子とはまた違う意味で、啄木と共に人生を行った人、と言っていいのではないでしょうか。

あとがき

山の子の
山を思ふがごとくにも
かなしき時は君を思へり

啄木の「かなしき時」に思い出す人、懐かしいであろう人を、女性に絞って書いてきました。「語る」ような文体になっているのは、講演や講座でお話ししたことをもとにまとめた、ということもありますが、読者のひとりひとりに、直接やわらかく語りかけ、啄木という人間をより近くに感じていただきたい、という気持ちからでもあります。

かなしいことが多かった人生で、啄木は「君」を思ったでしょう、ふるさとを心に抱きしめるかのように。「山の子の……」は、橘智恵子を歌った一連の歌群に収められた歌ではありますが、そのときどきで「君」は妻にもなり母にもなり、他の人物ともなったでしょう。

私たちもまた、かなしい時には君（＝啄木）を思うのではないでしょうか。かなしみにとらわれたとき、啄木の言葉は郷愁のように私たちを包み、慰め癒やしてくれます。

啄木はよく生きて、そして若くして逝ってしまいましたが、しかし彼はずっと生き続けている、と思うこともあります。

だいぶ前のことになりますが、ハンセン病文学に関心を持って調べていたことがあります。いくつかの療養所を訪ね、入所者のお話を伺った中で、忘れがたい一人が、岡山の療養所でお会いした、当時八十代の男性の方です。啄木が大好きで、その影響でご自分も短歌を作るようになったということでした。

そこで、聞いてみたのです。啄木ではどの歌がお好きですか、と。すると即座に「たはむれに母を背負ひて／そのあまり軽きに泣きて／三歩あゆまず」と、子どものような大きな声でそらんじてくださいました。

その方は小学生の時に家族から引き離されて、療養所に入って、七十年間をそこで生きてきたそうです。ですから彼が「母」というときの気持ちを思いますと、胸を突かれました。ほんとうに深く切なくおかあさんを慕う気持ちなのだろうな、と思いました。

こんなところにいて啄木を読んでいる、と思うと、胸が詰まった、というか、何とも言葉を失いました。同時に、どこにいても、どんなときも、思いを重ねられる、啄木短歌の幅広さというものを、改めて感じました。いつの時代も、どんな境遇にあっても、啄木を心の支えにして、生きている人がいるということですね。

昨今はやりの「作品を作者から切り離して読む」という読み方を、私は採りません。血を抜き肉を削ぐような無残な行為と思われて……。作者がいのちをかけて、魂を込めて書いたものを、どうしていのちや魂を抜いて読むことができるでしょうか。

啄木は何度も現実に叩きのめされながらも、そのたびに必ず立ち上がり、さいごまでファイティングポーズをとり続けました。その姿がいとおしく、いたましく……私は、姉のような気持ちで彼を想うことがあります。

本書が、石川啄木の生きた姿の片鱗なりとも、お伝えできていれば幸いです。


さいごに、未知谷の飯島徹氏と、編集実務を担当してくださった伊藤伸恵さんに、心から感謝申し上げます。本書を未知谷から出版できることを、とてもうれしく、誇りに思っています。たゆまず書き続けようと思います。

二〇二〇年九月

山下多恵子

やました たえこ

1953年、岩手県雫石町生まれ。

国際啄木学会理事。日本ペンクラブ会員。日本近代文学会会員。

著書に『海の蠍』『忘れな草』『裸足の女』『啄木と郁雨』『朝の随想　あふれる』。編書に『土に書いた言葉　吉野せいアンソロジー』、『おん身は花の姿にて　網野菊アンソロジー』（未知谷）がある。

かなしき時は君を思へり
石川啄木と五人の女性

2020年10月５日初版印刷
2020年10月20日初版発行

著者　山下多恵子
発行者　飯島徹
発行所　未知谷
東京都千代田区神田猿楽町２丁目 5-9　〒101-0064
Tel. 03-5281-3751 / Fax. 03-5281-3752
［振替］　00130-4-653627

組版　柏木薫
印刷所　ディグ
製本所　牧製本

Publisher Michitani Co, Ltd., Tokyo
Printed in Japan
ISBN 978-4-89642-622-9　C0095

随筆

朝の随想　あふれる

ＮＨＫ新潟ラジオ「朝の随想」で好評を博した文学随想を話し言葉のまま、小さな一冊に。登場する文学人は22名余　塔和子／石川啄木／五味川純平／森鴎外／二葉亭四迷／網野菊／種田山頭火／宮澤賢治／太宰治／紀貫之／北條民雄／川端康成／Ｐ．ヴェルレーヌ／坂口安吾／吉本隆明／宮崎郁雨／埴谷雄高／井上光晴／知里幸恵／平出修／中島敦ほか

104頁1500円

アンソロジー編纂・解説

土に書いた言葉　吉野せいアンソロジー

吉野せいの作品と人生に寄り添い、女性ならではのひたむきな視点から読解した評論『裸足の女』。読者から多数寄せられた“もう一度、吉野せいと出会いたい！”との声に応え、その著者が厳選した14篇＋短歌3首。

256頁2400円

おん身は花の姿にて　網野菊アンソロジー

時はゆっくりと濃密に流れている。深い教養に支えられた筆尖からは女流の凛とした嗜みが香りたつ。読者は厳選されたこの作品集に紡がれた細やかな悲喜哀歓に惹かれ深い共感を覚えるだろう。

288頁2400円

未知谷